UNE CONFIDENCE DE MAIGRET

Georges Simenon, écrivain belge de langue française, est né à Liège en 1903. Il décide très jeune d'écrire. Il a seize ans lorsqu'il devient journaliste à *La Gazette de Liège*, d'abord chargé des faits divers puis des billets d'humeur consacrés aux rumeurs de sa ville. Son premier roman, signé sous le pseudonyme de Georges Sim, paraît en 1921 : *Au pont des Arches, petite histoire liégeoise*. En 1922, il s'installe à Paris avec son épouse peintre Régine Renchon, et apprend alors son métier en écrivant des contes et des romans-feuilletons dans tous les genres : policier, érotique, mélo, etc. Près de deux cents romans parus entre 1923 et 1933, un bon millier de contes, et de très nombreux articles...
En 1929, Simenon rédige son premier Maigret qui a pour titre : *Pietr le Letton*. Lancé par les éditions Fayard en 1931, le commissaire Maigret devient vite un personnage très populaire. Simenon écrira en tout soixante-douze aventures de Maigret (ainsi que plusieurs recueils de nouvelles) jusqu'à *Maigret et Monsieur Charles*, en 1972.
Peu de temps après, Simenon commence à écrire ce qu'il appellera ses « romans-romans » ou ses « romans durs » : plus de cent dix titres, du *Relais d'Alsace* paru en 1931 aux *Innocents*, en 1972, en passant par ses ouvrages les plus connus : *La Maison du canal* (1933), *L'homme qui regardait passer les trains* (1938), *Le Bourgmestre de Furnes* (1939), *Les Inconnus dans la maison* (1940), *Trois Chambres à Manhattan* (1946), *Lettre à mon juge* (1947), *La neige était sale* (1948), *Les Anneaux de Bicêtre* (1963), etc. Parallèlement à cette activité littéraire foisonnante, il voyage beaucoup, quitte Paris, s'installe dans les Charentes, puis en Vendée pendant la Seconde Guerre mondiale. En 1945, il quitte l'Europe et vivra aux Etats-Unis pendant dix ans ; il y épouse Denyse Ouimet. Il regagne ensuite la France et s'installe définitivement en Suisse. En 1972, il décide de cesser d'écrire. Muni d'un magnétophone, il se consacre alors à ses vingt-deux *Dictées*, puis, après le suicide de sa fille Marie-Jo, rédige ses gigantesques *Mémoires intimes* (1981).
Simenon s'est éteint à Lausanne en 1989. Beaucoup de ses romans ont été adaptés au cinéma et à la télévision.

Paru dans Le Livre de Poche :

L'AMI D'ENFANCE DE MAIGRET.
L'AMIE DE MADAME MAIGRET.
LA COLÈRE DE MAIGRET.
LA FOLLE DE MAIGRET.
MAIGRET À VICHY.
MAIGRET AU PICRATT'S.
MAIGRET AUX ASSISES.
MAIGRET CHEZ LE CORONER.
MAIGRET EN MEUBLÉ.
MAIGRET ET L'AFFAIRE NAHOUR.
MAIGRET ET L'HOMME DU BANC.
MAIGRET ET L'INDICATEUR.
MAIGRET ET LA GRANDE PERCHE.
MAIGRET ET LA VIEILLE DAME.
MAIGRET ET LE CLOCHARD.
MAIGRET ET LE CORPS SANS TÊTE.
MAIGRET ET LE MARCHAND DE VIN.
MAIGRET ET LE TUEUR.
MAIGRET ET MONSIEUR CHARLES.
MAIGRET HÉSITE.
MAIGRET SE TROMPE.
MAIGRET TEND UN PIÈGE
LES MÉMOIRES DE MAIGRET.
LA PATIENCE DE MAIGRET.
LA PREMIÈRE ENQUÊTE DE MAIGRET.
LES SCRUPULES DE MAIGRET.
LES VACANCES DE MAIGRET.
LE VOLEUR DE MAIGRET.

GEORGES SIMENON

Une confidence de Maigret

PRESSES DE LA CITÉ

1

Le gâteau de riz de Mme Pardon

La bonne venait de poser le gâteau de riz au milieu de la table ronde et Maigret était obligé de faire un effort pour prendre un air à la fois surpris et béat, tandis que Mme Pardon, rougissante, lui lançait un coup d'œil malicieux.

C'était le quatrième gâteau de riz, depuis quatre ans que les Maigret avaient pris l'habitude de dîner une fois par mois chez les Pardon et que ceux-ci, la quinzaine suivante, venaient boulevard Richard-Lenoir, où Mme Maigret, à son tour, mettait les petits plats dans les grands.

Le cinquième ou le sixième mois, Mme Pardon avait servi un gâteau de riz. Maigret en avait repris deux fois, disant que cela lui rappelait son enfance et que, depuis quarante ans, il n'en avait pas mangé d'aussi bon, ce qui était vrai.

Depuis, chaque dîner chez les Pardon, dans leur nouvel appartement du boulevard Voltaire, s'achevait par le même entremets onctueux qui soulignait le caractère à la fois doux, reposant et un peu terne de ces réunions.

Maigret et sa femme, n'ayant ni l'un ni l'autre de famille à Paris, ne connaissaient guère ces soirées qu'on passe à jour fixe chez des sœurs ou des belles-sœurs et les dîners avec les Pardon leur rappelaient leurs visites aux tantes et aux oncles quand ils étaient petits.

Ce soir, la fille Pardon, Alice, qu'ils avaient connue lycéenne et qui était mariée depuis un an, assistait au repas avec son mari. Enceinte de sept mois, elle avait le « masque », surtout des taches de rousseur sur le nez et sous les yeux, et son jeune mari surveillait sa nourriture.

Maigret allait dire encore combien le gâteau de riz de son hôtesse était délectable quand la sonnerie du téléphone retentit pour la troisième fois depuis le potage. On en avait l'habitude. C'était devenu une sorte de gag, en commençant le repas, de se demander si le docteur parviendrait au dessert sans être appelé par un de ses patients.

L'appareil se trouvait sur une console surmontée d'un miroir. Pardon, sa serviette à la main, saisissait le combiné.

— Allô ! Docteur Pardon...

On se taisait en le regardant et on entendait soudain une voix si aiguë qu'elle faisait vibrer l'appareil. Sauf le médecin, nul ne pouvait saisir les mots. Ce n'étaient que des sons qui se suivaient comme quand on joue un disque à une vitesse accélérée.

Maigret, pourtant, avait froncé les sourcils, car il voyait le visage de son ami devenir grave, une certaine gêne l'envahir.

— Oui... Je vous écoute, madame Kruger... Oui...

La femme, à l'autre bout du fil, n'avait pas besoin d'encouragement pour parler. Les sons se bousculaient, formaient, pour ceux qui n'avaient pas l'écouteur à l'oreille, une litanie incompréhensible mais pathétique.

Sur le visage de Pardon, un drame se jouait,

muet, tout en nuances. Le médecin de quartier qui, quelques instants plus tôt, détendu, souriant, suivait avec amusement la scène du gâteau de riz, semblait maintenant très loin de la salle à manger quiète et bourgeoise.

— Je comprends, madame Kruger... Je sais, oui... Si cela peut vous aider, je suis prêt à aller vous...

Le coup d'œil de Mme Pardon aux deux Maigret signifiait :

— Et voilà ! Encore un dîner qu'on finira sans lui...

Elle se trompait. La voix résonnait toujours. Le médecin devenait plus mal à l'aise.

— Oui... Evidemment... Essayez de les coucher...

On le sentait découragé, impuissant.

— Je sais... Je sais... Je ne puis rien faire de plus que vous...

Personne ne mangeait. Personne ne parlait dans la pièce.

— Vous rendez-vous compte que c'est vous qui, si cela continue...

Il soupira, se passa la main sur le front. A quarante-cinq ans, il était presque chauve.

La voix lasse, il finissait par soupirer, comme s'il cédait à une pression insupportable :

— Donnez-lui donc un des comprimés roses... Non... Un seul !... Si, dans une demi-heure, cela n'a pas fait d'effet...

Tout le monde eut l'impression d'un soulagement à l'autre bout du fil.

— Je ne quitterai pas la maison... Bonsoir, madame Kruger...

Il raccrocha, vint se rasseoir et on évita de lui poser des questions. Il fallut plusieurs minutes pour remettre la conversation en train. Pardon restait absent. La soirée suivait son rythme traditionnel. On se levait de table pour prendre le café au salon où des magazines couvraient la table, car c'était dans cette pièce que les malades attendaient aux heures de consultation.

Les deux fenêtres étaient ouvertes. On était en mai. La soirée était tiède et l'air de Paris, malgré les autobus et les voitures, avait un certain goût de printemps. Des familles du quartier se promenaient boulevard Voltaire et, à la terrasse d'en face, on voyait deux hommes en bras de chemise.

Les tasses remplies, les femmes prenaient leur tricot, installées dans leur coin habituel. Pardon et Maigret étaient assis près d'une des fenêtres tandis que le jeune mari d'Alice ne savait pas trop dans quel groupe s'intégrer et finissait par s'asseoir à côté de sa femme.

Il était déjà décidé que Mme Maigret serait la marraine de l'enfant, pour qui elle tricotait une brassière.

Pardon allumait un cigare. Maigret bourrait sa pipe. Ils n'avaient pas particulièrement envie de parler et un assez long temps s'écoula en silence cependant que leur parvenait le murmure des femmes.

Le médecin finit par murmurer comme pour lui-même :

— Encore un de ces soirs où je souhaiterais avoir choisi un autre métier !

Maigret n'insistait pas, ne poussait pas aux confidences. Il aimait bien Pardon. Il le considérait comme un homme, dans le plein sens qu'il donnait à ce mot-là.

L'autre regardait furtivement sa montre.

— Cela peut durer trois ou quatre heures, mais il est possible qu'elle m'appelle d'un instant à l'autre...

Il continuait, sans fournir de détails, de sorte qu'il fallait comprendre à demi-mot :

— Un petit tailleur, juif polonais, installé rue Popincourt au-dessus d'une boutique d'herboriste... Cinq enfants, dont l'aîné a neuf ans, et la femme enceinte d'un sixième...

Il jetait un coup d'œil machinal au ventre de sa fille.

— Rien, dans l'état de la médecine, ne peut le sauver et, depuis cinq semaines, il ne parvient pas à mourir... J'ai tout fait pour le décider à entrer à l'hôpital... Dès que je prononce ce mot-là, il entre en transe, prend les siens à témoin, pleure, gémit, les supplie de ne pas le laisser emmener de force...

Pardon fumait sans plaisir son seul cigare de la journée.

— Ils vivent dans deux pièces... Les gosses crient... La femme est à bout... C'est elle que je devrais soigner mais, tant que cela dure, je suis impuissant... Je suis allé là-bas avant le dîner... J'ai donné une piqûre à l'homme, un sédatif à sa femme... Cela ne leur fait plus d'effet... Pendant que nous mangions, il a recommencé à gémir, puis à hurler de douleur, et sa femme, à bout de forces...

Maigret tira sur sa pipe et murmura :

— Je crois que j'ai compris.

— Légalement, médicalement, je n'ai pas le droit de lui prescrire une nouvelle dose... Ce n'est pas le premier coup de téléphone de ce genre... Jusqu'ici, je suis parvenu à la convaincre...

Il regarda le commissaire comme pour lui demander son indulgence.

— Mettez-vous à ma place...

Il avait un nouveau coup d'œil pour sa montre. Combien de temps le malade allait-il encore se débattre ?

La soirée était douce, avec un certain alanguissement dans l'air. Le murmure des femmes continuait dans un coin du salon, le bruit rythmé des aiguilles.

Maigret disait, la voix hésitante :

— Le cas n'est pas tout à fait le même, évidemment... Moi aussi, il m'est arrivé un certain nombre de fois de souhaiter d'avoir choisi un autre métier...

Ce n'était pas une vraie conversation, où les répliques s'enchaînent avec logique. Il y avait des trous, des silences, de lentes bouffées de fumée qui montaient de la pipe du commissaire.

— Depuis peu, dans la police, nous n'avons plus les mêmes pouvoirs ni, par conséquent, les mêmes responsabilités...

Il pensait tout haut, se sentait très près de Pardon, et c'était réciproque.

— J'ai vu, au cours de ma carrière, diminuer progressivement nos attributions au profit des magistrats... J'ignore si c'est un bien ou un mal... De toute façon, notre rôle n'a jamais été de juger... C'est l'affaire des tribunaux et des jurés de décider si un homme est coupable ou non et dans quelle mesure on peut le considérer comme responsable...

Il le faisait exprès de parler car il sentait son ami tendu, l'esprit ailleurs, rue Popincourt, dans les deux pièces où le tailleur polonais était en train de mourir.

— Même dans l'état actuel de la législation, alors que nous ne sommes que des instruments du Parquet, du juge d'instruction, il n'en reste pas moins un moment où il nous faut prendre une décision lourde de conséquences... Car, en fin de compte, c'est d'après notre enquête, d'après les éléments que nous aurons réunis, que les magistrats, puis les jurés, se feront une opinion...

» Le simple fait de traiter un homme en suspect, de le convoquer Quai des Orfèvres, de questionner à son sujet sa famille, ses amis, sa concierge et ses voisins est susceptible de changer le reste de sa vie...

C'était au tour de Pardon de murmurer :

— Je comprends.

— Telle personne a-t-elle été capable de commettre un crime ?... Quoi que l'on fasse, c'est à nous, presque toujours, en premier lieu, de nous poser la question... Les indices matériels sont souvent inexistants, ou peu convaincants...

Sonnerie du téléphone. Pardon, aurait-on dit, avait peur d'aller répondre et c'est sa fille qui décrocha...

— Oui, monsieur... Non, monsieur... Non... Vous avez un mauvais numéro...

Elle expliqua, souriante :

— Toujours le bal des Vertus...

Un bal musette de la rue du Chemin-Vert, dont le numéro de téléphone ressemblait à celui des Pardon.

Maigret reprenait, à mi-voix :

— Tel individu, qu'on a devant soi et qui paraît normal, a-t-il été capable de tuer ?... Vous voyez ce que je veux dire, Pardon ? Il ne s'agit pas de décider s'il est coupable ou non, soit. Ce n'est pas l'affaire de la P.J. Nous n'en sommes pas moins obligés de nous demander *s'il est possible que...* Et c'est juger quand même ! J'ai horreur de ça... Si j'y avais pensé quand je suis entré dans la police, je ne suis pas sûr que...

Un silence plus long. Il vidait sa pipe et en prenait une autre dans sa poche, qu'il bourrait lentement, avec l'air de caresser la bruyère.

— Je me souviens d'un cas, il n'y a pas si longtemps... Avez-vous suivi l'affaire Josset ?...

— Le nom me rappelle quelque chose...

— On en a beaucoup parlé dans les journaux,

mais la vérité, pour autant qu'il y avait une vérité, n'a jamais été dite...

C'était rare qu'il parle d'une affaire dont il s'était occupé. Parfois, Quai des Orfèvres, entre gens du métier, il leur arrivait de faire allusion à un cas célèbre, à une enquête difficile, et c'était toujours en quelques mots.

— Je revois Josset à la fin de son premier interrogatoire, car c'est à ce moment-là que j'ai dû me poser la question... Je pourrais vous faire lire le compte rendu, afin d'avoir votre opinion... Seulement, vous n'auriez pas eu l'homme devant vous pendant deux heures... Vous n'auriez pas entendu sa voix, épié ses expressions de physionomie...

C'était au Quai des Orfèvres, dans le bureau de Maigret, un mardi, il se rappelait le jour, vers trois heures de l'après-midi. Et c'était le printemps aussi, fin avril ou début mai.

Le commissaire, en arrivant au Quai, ce matin-là, ne connaissait rien de l'affaire et ce n'est que vers dix heures qu'il avait été alerté, par le commissaire de police d'Auteuil d'abord, par le juge Coméliau ensuite.

Une certaine confusion avait régné ce jour-là. Le commissariat d'Auteuil prétendait avoir avisé la P.J. dès la fin de la nuit mais, pour une raison ou pour une autre, le message ne semblait pas être arrivé à destination.

Il était près d'onze heures quand Maigret était descendu de voiture rue Lopert, à deux ou trois cents mètres de l'église d'Auteuil, et il se trouvait bon dernier. Les journalistes, les photographes étaient là, entourés d'une centaine de curieux que maintenaient les agents. Le Parquet était déjà sur les lieux et, cinq minutes plus tard, arrivaient les gens de l'Identité Judiciaire.

A midi dix, le commissaire faisait entrer dans son bureau Adrien Josset, un homme de quarante ans, beau garçon, à peine empâté, qui, bien que non rasé et portant des vêtements quelque peu fripés, n'en restait pas moins élégant.

— Entrez, je vous en prie... Asseyez-vous...

Il avait ouvert la porte du bureau des inspecteurs pour appeler le jeune Lapointe.

— Prends ton bloc et un crayon...

Le bureau était baigné de soleil et les bruits de Paris pénétraient par la fenêtre ouverte. Lapointe, qui avait compris qu'il allait devoir sténographier l'interrogatoire, s'installait à un coin de la table. Maigret bourrait sa pipe, regardait un moment un train de bateaux remonter la Seine tandis qu'un homme, dans une barque, se laissait dériver.

— Je suis obligé, monsieur Josset, d'enregistrer les réponses que vous voudrez bien me donner et je m'en excuse... Vous n'êtes pas trop fatigué ?

L'homme fit signe que non, avec un sourire un peu amer. Il n'avait pas dormi de la nuit et la police d'Auteuil l'avait déjà soumis à un long interrogatoire.

Maigret n'avait pas voulu le lire, tenant à se faire d'abord une idée par lui-même.

— Commençons par les banales questions d'identité... Nom, prénoms, âge, profession...

— Adrien Josset, 40 ans, né à Sète, dans l'Hérault...

Il fallait le savoir pour découvrir, chez lui, une pointe d'accent méridional.

— Votre père ?

— Instituteur. Il est mort voilà dix ans.

— Vous avez encore votre mère ?

— Oui. Elle habite toujours la même petite maison, à Sète.

— Vous avez fait vos études à Paris ?

— A Montpellier.

— Vous êtes pharmacien, je crois ?
— J'ai fait ma pharmacie, puis un an de médecine. Je n'ai pas continué ces dernières études.
— Pour quelle raison ?
Il hésitait et Maigret comprenait que c'était par une sorte d'honnêteté. On sentait qu'il s'efforçait de répondre avec précision, avec véracité, jusqu'ici tout au moins.
— Il y a sans doute eu plusieurs raisons. La plus apparente, c'est que j'avais une amie qui a suivi ses parents à Paris.
— C'est elle que vous avez épousée ?
— Non. A vrai dire, nos relations ont cessé quelques mois plus tard... Je pense aussi que je ne me sentais pas l'âme d'un médecin... Mes parents n'avaient pas de fortune... Ils devaient se priver pour payer mes études... Un fois médecin, j'aurais eu beaucoup de peine à m'installer...
Il lui fallait un effort, à cause de sa fatigue, pour suivre le fil de ses idées, et il lançait parfois un coup d'œil à Maigret comme pour s'assurer de l'impression produite sur le commissaire.
— C'est important ?
— Tout peut être important.
— Je comprends... Je me demande si j'avais une vocation précise... On m'a parlé des carrières qui s'offrent dans les laboratoires... La plupart des maisons de produits pharmaceutiques ont des laboratoires de recherche... Une fois à Paris, mon diplôme de pharmacien en poche, j'ai tenté d'obtenir une de ces places...
— Sans succès ?
— Tout ce que j'ai trouvé, c'est un premier remplacement dans une pharmacie, puis dans une autre...
Il avait chaud. Maigret aussi, qui allait et venait dans le bureau en s'arrêtant parfois devant la fenêtre.

— On vous a posé ces questions, à Auteuil ?

— Non. Pas les mêmes. Je comprends que vous cherchiez à découvrir qui je suis... Comme vous le voyez, je m'efforce de vous répondre sincèrement... Au fond, je ne me crois ni meilleur ni pire que les autres...

Il dut s'éponger.

— Vous avez soif ?

— Peut-être...

Maigret alla ouvrir la porte des inspecteurs.

— Janvier ! Voulez-vous nous faire monter à boire ?

Et, à Josset :

— De la bière ?

— Si vous voulez.

— Vous n'avez pas faim ?

Sans attendre la réponse, il continua, pour Janvier :

— De la bière et des sandwiches.

Josset avait un sourire triste.

— J'ai lu ça... murmura-t-il.

— Vous avez lu quoi ?

— La bière, les sandwiches... Le commissaire et les inspecteurs qui se relayent pour poser les questions... Cela commence à être connu, n'est-ce pas ?... Je ne me doutais pas qu'un jour...

Il avait de belles mains, qui trahissaient parfois sa nervosité.

— On sait quand on entre ici, mais...

— Restez calme, monsieur Josset. Je puis vous affirmer que je n'ai aucune idée préconçue à votre sujet...

— L'inspecteur, au commissariat d'Auteuil, en avait une.

— Il vous a bousculé ?

— Il m'a traité assez durement, employant des mots qui... Enfin ! Qui sait si, à sa place...

— Revenons à vos débuts à Paris... Combien de

temps s'est-il écoulé avant que vous fassiez la connaissance de celle qui allait devenir votre femme ?

— Environ un an... J'avais vingt-cinq ans et je travaillais dans une pharmacie anglaise du faubourg Saint-Honoré lorsque je l'ai rencontrée...

— C'était une cliente ?

— Oui.

— Son nom de jeune fille ?

— Fontane... Christine Fontane... Cependant, elle portait encore le nom de son premier mari, mort quelques mois plus tôt... Lowell... De la famille des brasseurs anglais... Vous avez vu ce nom-là sur des bouteilles...

— Donc, elle était veuve depuis quelques mois et âgée de... ?

— Vingt-neuf ans.

— Pas d'enfant ?

— Non.

— Riche ?

— Certainement. C'était une des meilleures clientes des magasins de luxe du faubourg Saint-Honoré...

— Vous êtes devenu son amant ?

— Elle menait une vie fort libre.

— Du temps de son mari aussi ?

— J'ai lieu de le supposer.

— De quel milieu sortait-elle ?

— D'un milieu bourgeois... Pas fortuné, mais à l'aise... Elle a passé son enfance dans le XVIe arrondissement et son père présidait plusieurs conseils d'administration...

— Vous en êtes tombé amoureux.

— Très vite, oui.

— Vous aviez déjà rompu les relations avec votre amie de Montpellier ?

— Depuis plusieurs mois.

— Entre Christine Lowell et vous, il a été tout de suite question de mariage ?

Il n'hésita qu'un instant.

— Non.

On frappait à la porte. C'était le garçon de la brasserie Dauphine qui apportait la bière et les sandwiches. Cela permit une pause. Josset ne mangea pas, se contentant de boire la moitié de sa bière tandis que Maigret continuait à aller et venir dans le bureau en grignotant un sandwich.

— Vous pouvez me dire comment cela s'est passé ?

— Je veux bien essayer. Ce n'est pas facile. Quinze ans se sont écoulés. J'étais jeune, je m'en rends compte à présent. Il me paraît, avec le recul, que la vie était différente, que les choses n'avaient pas autant d'importance qu'aujourd'hui.

» Je gagnais peu d'argent. J'habitais une chambre meublée, près de la place des Ternes, et prenais mes repas dans des restaurants à prix fixe, quand je ne me contentais pas de croissants... Je dépensais davantage à m'habiller que pour la nourriture...

Il avait conservé ce goût du vêtement et le complet qu'il portait sortait des mains d'un des meilleurs tailleurs de Paris, sa chemise, à son chiffre, avait été faite sur mesure, ainsi que les souliers.

— Christine vivait dans un monde différent, que je ne connaissais pas et qui m'éblouissait... J'étais encore un provincial, fils d'un petit instituteur et, à Montpellier, j'appartenais à un groupe d'étudiants guère plus riches que moi...

— Elle vous a présenté à ses amis et à ses amies ?

— Longtemps après... Il y a un aspect de nos relations dont je ne me suis rendu compte que plus tard...

— Par exemple ?

— On parle volontiers des hommes d'affaires, industriels ou financiers, qui s'offrent une aventure avec une vendeuse ou un mannequin... C'était un peu le cas pour elle, en sens contraire... Elle donnait des rendez-vous à un aide-pharmacien sans argent et sans expérience... Elle a tenu à savoir où j'habitais, un hôtel meublé bon marché, avec des carreaux de faïence sur les murs de l'escalier, des bruits qu'on entendait à travers les cloisons... Cela la ravissait... Le dimanche, elle m'emmenait en voiture dans une auberge de campagne...

Sa voix était devenue plus sourde, avec à la fois de la nostalgie et un certain ressentiment.

— Au début, moi aussi, j'ai cru à une aventure qui ne durerait guère.

— Vous étiez amoureux ?

— Je le suis devenu.

— Jaloux ?

— C'est même par là que tout a commencé. Elle me parlait de ses amis et même de ses amants. Cela l'amusait de me donner des détails... D'abord, je me suis tu... Puis, dans une crise de jalousie, je l'ai traitée de tous les noms et j'ai fini par la frapper... J'étais persuadé qu'elle se moquait de moi et qu'en sortant de mon lit de fer elle allait raconter aux autres mes gaucheries et mes naïvetés... Nous nous sommes disputés plusieurs fois de la sorte... Je suis resté un mois sans la voir...

— C'est elle qui revenait à charge ?

— Elle ou moi. Il y en avait toujours un des deux pour demander pardon... Nous nous sommes vraiment aimés, monsieur le commissaire...

— Qui a parlé de mariage ?

— Je ne sais plus. Franchement, c'est impossible à dire. Nous en étions arrivés à nous faire mal exprès... Parfois, elle venait, à trois heures du matin, à moitié ivre, frapper à la porte de ma chambre... Si, boudeur, je ne répondais pas tout de suite, des voisins protestaient à cause du vacarme... Je ne compte pas les fois où on a menacé de me flanquer à la porte... A la pharmacie aussi car, certains matins, j'étais en retard, pas toujours bien éveillé...

— Elle buvait beaucoup ?

— Nous buvions tous les deux... Je me demande pourquoi... C'était machinal... Cela nous exaltait davantage... En fin de compte, nous nous sommes aperçus que je ne pouvais pas vivre sans elle et qu'elle ne pouvait pas vivre sans moi...

— Où habitait-elle à l'époque ?

— La maison que vous avez vue, rue Lopert... Il était deux ou trois heures du matin, une nuit, dans un cabaret, quand nous nous sommes regardés dans les yeux et que, soudain dégrisés, nous nous sommes demandé sérieusement ce que nous devions faire.

— Vous ignorez qui a posé la question ?

— Franchement, oui. Pour la première fois, le mot mariage a été prononcé, d'abord sur un ton de plaisanterie, ou presque. C'est difficile à dire après si longtemps.

— Elle avait cinq ans de plus que vous ?

— Et quelques millions de plus aussi, oui. Je ne pouvais pas, devenu son mari, passer mes journées derrière le comptoir d'une pharmacie... Elle connaissait un certain Virieu, à qui ses parents venaient de laisser une affaire assez modeste de produits pharmaceutiques... Virieu n'était pas pharmacien... A trente-cinq ans, il avait partagé sa vie entre le *Fouquet's*, le *Maxim's* et le casino de Deauville... Christine a investi de l'argent dans la société Virieu et j'en suis devenu le directeur...

— En somme, vous réalisiez ainsi votre ambition ?

— Cela donne cette impression, c'est vrai. Lorsqu'on revoit le déroulement des événements, c'est un peu comme si j'avais préparé chaque étape, en connaissance de cause. Pourtant, je vous affirme qu'il n'en est rien.

» J'ai épousé Christine parce que je l'aimais passionnément et que, si j'avais dû m'en séparer, je me serais sans doute suicidé... De son côté, elle m'a supplié de vivre légalement avec elle...

» Il y avait longtemps qu'elle n'avait plus d'aventures et que, jalouse à son tour, elle en était arrivée à haïr les clientes de la pharmacie et à venir m'y épier...

» Une occasion se présentait de me fournir une situation en rapport avec son genre de vie... L'argent mis dans l'affaire restait à son nom et le mariage a eu lieu sous le régime de la séparation des biens...

» Certains m'ont pris pour un gigolo et je n'ai pas toujours été bien accueilli dans le nouveau milieu où j'avais désormais à vivre...

— Vous avez été heureux tous les deux ?

— Je le suppose. J'ai beaucoup travaillé. Les laboratoires, jadis peu importants, comptent aujourd'hui parmi les quatre grands de Paris. Nous sortions beaucoup aussi, de sorte qu'il n'y avait pour ainsi dire jamais de trous dans mes journées ou dans mes nuits...

— Vous ne voulez pas manger ?

— Je n'ai pas faim. Si vous permettez que je prenne un second verre de bière...

— Vous étiez ivre, la nuit dernière ?

— C'est sur ce point qu'on m'a le plus questionné ce matin. Sans doute l'ai-je été à certain moment, mais je ne me souviens pas moins de tout...

— Je n'ai pas voulu lire la déposition que vous avez faite à Auteuil et que j'ai ici...

Maigret la feuilletait d'une main négligente.

— Y a-t-il des corrections que vous voudriez y apporter ?

— J'ai dit la vérité, peut-être avec une certaine véhémence, à cause de l'attitude de l'inspecteur... Dès ses premières questions, j'ai compris qu'il me considérait comme un assassin... Plus tard, lors de la descente du Parquet rue Lopert, j'ai eu l'impression que le juge partageait sa conviction...

Il se tut quelques instants.

— Je les comprends... J'ai eu tort de m'indigner...

Maigret murmura sans insister :

— Vous n'avez pas tué votre femme ?

Et Josset secoua la tête. Il ne protestait plus avec colère. Il se montrait las, découragé.

— Je sais qu'il sera difficile d'expliquer...

— Vous aimeriez vous reposer ?

L'homme hésita. Il oscillait légèrement sur sa chaise.

— Il vaut mieux continuer... Me permettez-vous seulement de me lever, de marcher ?

Il avait envie, lui aussi, d'aller jusqu'à la fenêtre, de regarder, dehors, dans le soleil, le monde de ceux qui poursuivaient leur existence quotidienne.

La veille, il appartenait encore à ce monde-là. Maigret le suivait des yeux, rêveur. Lapointe attendait, le crayon entre les doigts.

Maintenant, dans le salon paisible, un peu trop, presque étouffant à force de calme, du boulevard Voltaire où les femmes tricotaient et bavardaient toujours, le docteur Pardon écoutait chaque parole de Maigret.

Celui-ci sentait bien, pourtant, qu'il restait un lien invisible entre son interlocuteur et le téléphone sur sa console, entre le médecin et le tailleur polonais qui menait une dernière bataille parmi ses cinq enfants et sa femme hystérique.

Un autobus passait, s'arrêtait, repartait après avoir chargé deux ombres et un ivrogne se heurtait aux murs sans cesser de fredonner.

2

Les géraniums de la rue Caulaincourt

— Mon Dieu ! s'écria tout à coup Alice en se levant. J'ai oublié les liqueurs !

Elle en était toute retournée. Quand elle était jeune fille, elle assistait rarement à ces dîners qu'elle devait trouver ennuyeux. On ne l'avait guère vue non plus les premiers mois de son mariage, une fois ou deux seulement, pour se montrer dans son nouveau rôle de femme, à égalité, en somme, avec sa mère.

Depuis qu'elle attendait famille, elle revenait souvent boulevard Voltaire, où elle jouait volontiers les maîtresses de maison et elle attachait soudain plus d'importance que sa mère elle-même aux menus détails du ménage.

Son mari, vétérinaire depuis peu, bondissait de sa chaise, obligeait sa femme à se rasseoir, allait dans la salle à manger chercher l'armagnac pour les hommes et, pour les femmes, une liqueur hollandaise qu'on ne trouvait guère que chez les Pardon.

Comme la plupart des salons d'attente de médecins, celui-ci était mal éclairé, les meubles en étaient ternes et fatigués. Maigret et Pardon, face à la fenêtre ouverte, voyaient davantage les lumières crues du boulevard où le feuillage des arbres commençait à frémir. Etait-ce l'annonce d'une averse ?

— Armagnac, commissaire ?

Maigret souriait distraitement au jeune homme car, s'il était conscient de l'endroit où il se trouvait, il restait en pensée dans son bureau baigné de soleil, le fameux mardi de l'interrogatoire.

Il semblait plus lourd qu'au dîner, de la même lourdeur grave que le docteur. Ils s'étaient toujours compris à demi-mot, Pardon et lui, bien qu'ils se fussent connus très tard, quand chacun avait déjà accompli une grande partie de sa carrière. Dès le premier jour, la confiance avait régné entre eux et ils éprouvaient un respect mutuel.

Cela ne tenait-il pas à ce qu'ils avaient la même sorte d'honnêteté, pas seulement envers les autres mais envers eux-mêmes ? Ils ne trichaient pas, ne se doraient pas la pilule, se regardaient en face.

Et, ce soir, si Maigret s'était soudain mis à parler, c'était moins pour détourner son ami de ses pensées que parce que le coup de téléphone avait réveillé en lui des sentiments assez pareils à ceux qui agitaient Pardon.

Il ne s'agissait pas d'un complexe de culpabilité et Maigret, d'ailleurs, avait horreur de ce mot-là. Il ne s'agissait pas non plus de remords.

L'un comme l'autre, de par leur métier, le métier qu'ils avaient choisi, se trouvaient parfois obligés de faire un choix et ce choix-là décidait du destin d'autrui, dans le cas de Pardon de la vie ou de la mort d'un homme.

Rien de romantique dans leur attitude. Ni accablement, ni révolte. Seulement une certaine gravité mélancolique

Le jeune Bruart hésitait à s'asseoir près d'eux. Il aurait aimé savoir de quoi ils parlaient ainsi à mi-voix mais, conscient de ne pas encore appartenir à ce clan-là, il alla reprendre sa place du côté des femmes.

— Nous étions trois dans mon bureau, disait Maigret : le jeune Lapointe, qui sténographiait l'entretien en me lançant parfois un coup d'œil, Adrien Josset, tantôt debout, tantôt assis sur sa chaise, et moi, qui me campais le plus souvent le dos à la fenêtre ouverte.

» Je me rendais compte de la fatigue de l'homme. Il n'avait pas dormi. Il avait beaucoup bu, la veille au soir d'abord, puis à nouveau au milieu de la nuit. Je sentais comme des vagues de lassitude s'emparer de lui, parfois de vrais vertiges, et il arrivait à ses yeux un peu troubles de devenir fixes, sans expression, comme si, sombrant dans un engourdissement, il s'efforçait de remonter à la surface.

» Cela paraît cruel d'avoir été quand même jusqu'au bout de ce premier interrogatoire qui allait durer plus de trois heures.

» Pourtant, c'était pour lui autant que par devoir que je tenais bon. D'un côté, je n'avais pas le droit de négliger une chance d'obtenir un aveu s'il avait quelque chose à avouer. De l'autre, à moins de lui donner une piqûre ou un sédatif, il n'aurait pas trouvé de repos, dans l'état de ses nerfs.

» Il avait besoin de parler, de parler tout de suite et, si je l'avais envoyé au Dépôt, il aurait continué de parler tout seul.

» Les reporters, les photographes attendaient dans le couloir, où j'entendais des éclats de voix et des rires.

» A l'heure qu'il était, les journaux de l'après-midi venaient de sortir et j'étais sûr qu'on y parlait du crime d'Auteuil, que des photographies de

Josset, prises le matin rue Lopert, s'étalaient à toutes les premières pages.

» Je n'allais pas tarder à recevoir un coup de téléphone du juge Coméliau, toujours anxieux d'obtenir une solution rapide aux affaires dont il était chargé.

» — Josset est chez vous ?

» — Oui.

» — Il avoue ?

» L'homme me regardait, devinant qu'il s'agissait de lui.

» — Je suis très occupé, dis-je sans préciser.

» — Il nie ?

» — Je ne sais pas.

» — Faites-lui comprendre que, dans son propre intérêt...

» — J'essayerai.

» Coméliau n'est pas un méchant homme. On l'a appelé mon ennemi intime, parce que nous nous sommes parfois heurtés l'un à l'autre.

» Ce n'est pas sa faute, en réalité. Cela tient à l'idée qu'il se fait de son rôle, donc de son devoir. A ses yeux, payé pour défendre la société, il doit se montrer impitoyable avec tout ce qui menace de troubler l'ordre établi. Je ne pense pas qu'il ait jamais connu le doute. Sereinement, il sépare les bons des mauvais, incapable d'imaginer que des gens puissent se trouver entre les deux camps.

» Si je lui avais avoué que je n'avais encore aucune opinion, il ne m'aurait pas cru ou il m'aurait accusé de relâchement dans l'exercice de mes fonctions.

» Pourtant, après une heure, après deux heures d'interrogatoire, j'étais incapable de répondre à la question que Josset me posait de temps en temps en me jetant un regard suppliant :

» — *Vous me croyez, dites ?*

» Je ne le connaissais pas la veille. Je n'avais

jamais entendu parler de lui. Si son nom m'était vaguement familier, c'était pour avoir pris des médicaments dont la boîte portait les noms *Josset et Virieu*.

» Curieusement, je n'avais jamais mis les pieds dans cette rue Lopert, que j'avais découverte le matin avec un certain étonnement.

» Dans le quartier qui entoure l'église d'Auteuil, les crimes sont rares. Et la rue Lopert, qui ne mène nulle part, chemin privé plutôt que rue véritable, ne comporte qu'une vingtaine de maisons qui pourraient border un mail de province.

» On n'est qu'à deux pas de la rue Chardon-Lagache, et pourtant on se sent très loin des bruits de Paris ; les rues voisines, au lieu de rappeler les grands hommes de la République, ont des noms d'écrivains : rue Boileau, rue Théophile-Gautier, rue Leconte-de-Lisle...

» J'avais envie de retourner dans la maison, différente de toutes celles de la rue, une maison presque toute en verre, aux angles inattendus, bâtie à l'époque des Arts Décoratifs, vers 1925.

» Tout m'y était étranger : la décoration, les couleurs, les meubles, la disposition des pièces, et j'aurais été en peine de dire le genre de vie qu'on y menait.

» L'homme qui était devant moi, luttant contre la fatigue et la gueule de bois, ne m'en demandait pas moins, avec un regard anxieux et résigné tout ensemble :

» — *Vous me croyez, dites ?*

» L'inspecteur d'Auteuil ne l'avait pas cru et semblait l'avoir traité sans ménagement.

» A certain moment, j'ai été obligé d'ouvrir la porte pour faire taire les reporters qui menaient trop grand bruit dans le couloir...

Pour la deuxième ou la troisième fois, Josset refusait le sandwich qu'on lui offrait. On aurait dit que, prévoyant que ses forces pourraient le lâcher d'un moment à l'autre, il voulait coûte que coûte aller jusqu'au bout de sa lancée.

Et peut-être n'était-ce pas seulement parce que c'était un commissaire divisionnaire qu'il avait en face de lui, quelqu'un qui aurait une influence sur son sort.

Il avait besoin de convaincre, de convaincre n'importe qui, un autre homme que lui-même.

— Vous étiez heureux, votre femme et vous ?

Qu'est-ce que Maigret, qu'est-ce que Pardon auraient répondu à la même question ?

Josset aussi hésitait.

— Je crois qu'à certaines époques nous avons été très heureux... Surtout quand nous étions seuls... Surtout la nuit... Nous étions de vrais amants... Vous voyez ce que je veux dire ?... Et, si nous avions pu être plus souvent seuls...

Il aurait tant voulu être précis !

— Je ne sais pas si vous connaissez ce milieu-là... Je ne le connaissais pas non plus avant d'y pénétrer... Christine, elle, y avait évolué depuis son enfance... Elle en avait besoin... Elle avait beaucoup d'amis... Elle se créait des tas d'obligations... Dès qu'elle restait seule un moment, elle décrochait le téléphone... Il y avait les déjeuners, les cocktails, les dîners, les répétitions générales et les soupers dans les cabarets... Il y avait des centaines de gens que nous appelions par leur prénom et que nous retrouvions dans des endroits toujours les mêmes...

» Elle m'a aimé, j'en suis sûr... Sans doute que, dans un certain sens, elle m'aimait encore...

— Et vous ? questionnait Maigret.

— Moi aussi. On ne le croira pas. Même nos amis, qui sont au courant, prétendront le contraire. Néanmoins, ce qui nous liait était peut-être plus fort que ce qu'on appelle généralement l'amour.

» Nous n'étions plus des amants qu'à de rares occasions...

— Depuis quand ?

— Quelques années... Quatre ou cinq... Je ne sais pas au juste... Je ne pourrais même pas dire comment cela s'est produit...

— Vous vous disputiez ?

— Oui et non. Cela dépend du sens qu'on donne aux mots. Nous nous connaissions trop bien. Il n'y avait plus d'illusions possibles, plus de tricheries non plus. Nous avions fini par devenir impitoyables...

— Impitoyables à quoi ?

— A tous les petits défauts, à toutes les menues lâchetés qui sont le fait de chacun. Les premiers temps, on les ignore ou, si on en découvre, on est tenté de les voir sous un tel jour qu'ils deviennent attachants...

— On les transforme en qualités ?

— Mettons que le partenaire en devienne plus humain, plus vulnérable, de sorte qu'on a envie de le protéger et de l'entourer de tendresse... Voyez-vous, à la base de tout, il y a sans doute le fait que je n'étais pas préparé à cette vie-là...

» Vous connaissez nos bureaux, avenue Marceau ? Nous avons aussi des laboratoires à Saint-Mandé, puis en Suisse et en Belgique... Cela représentait, cela représente encore une partie de ma vie, la partie la plus solide... Vous me demandiez tout à l'heure si j'avais été heureux... Là, dirigeant une affaire de jour en jour plus importante, j'avais une sensation de plénitude... Puis, soudain, le téléphone sonnait... Christine me donnait rendez-vous quelque part...

— Vous aviez, vis-à-vis d'elle, à cause de son argent, un sentiment de sujétion ?

— Je ne le crois pas. Des gens se sont figuré et continuent sans doute à se figurer que j'ai fait un mariage d'argent.

— C'est faux ? L'argent n'est pas entré en ligne de compte ?

— Je le jure.

— L'affaire est restée au nom de votre femme ?

— Malheureusement, non. Elle y a gardé une part importante, mais une part presque égale m'a été reconnue voilà six ans.

— Sur votre demande ?

— Sur celle de Christine. Remarquez qu'il ne s'agissait pas, dans son esprit, de reconnaître le résultat de mes efforts, mais d'échapper à une partie des impôts sans céder d'actions à des tiers... Hélas ! je suis incapable de le prouver et cela se retournera contre moi... Comme aussi le fait que Christine a rédigé un testament en ma faveur... Je ne l'ai pas lu... Je ne l'ai pas vu... J'ignore où il se trouve... C'est elle qui m'en a parlé, un soir qu'elle avait le cafard et qu'elle se croyait atteinte d'un cancer...

— Elle était en bonne santé ?

Il hésitait, donnant toujours l'impression d'un scrupuleux qui tient à donner aux mots leur vrai sens.

— Elle n'avait ni cancer, ni maladie de cœur, ni aucun de ces maux dont on parle chaque semaine dans les journaux et au sujet desquels on organise des collectes dans les rues... A mon point de vue, elle n'en était pas moins très malade... Les derniers temps, elle ne jouissait plus que de quelques heures de complète lucidité par jour et, parfois, elle passait deux ou trois jours enfermée dans sa chambre...

— Vous ne dormiez pas dans la même chambre ?

— Nous l'avons fait pendant des années... Puis, parce que je me levais de bonne heure et que je l'éveillais, j'ai occupé une pièce voisine...

— Elle buvait beaucoup ?

— Si vous interrogez ses amis, comme vous le ferez à coup sûr, ils vous diront qu'elle ne buvait pas plus que beaucoup d'entre eux... Ils ne la voyaient qu'en représentation, vous comprenez ?... Ils ignoraient qu'une sortie de deux ou trois heures était précédée de plusieurs heures au lit et que, le lendemain, elle avait besoin, dès son réveil, de se remonter à l'alcool ou de faire appel à des médicaments...

— Vous ne buvez pas ?

Josset haussa les épaules, semblant dire ainsi que Maigret n'avait qu'à le regarder pour trouver la réponse.

— Moins qu'elle, cependant. Moins maladivement. Sinon, il y a longtemps que les laboratoires n'existeraient plus. Mais il m'arrive, à moi, de m'enivrer, de me comporter en homme qui a bu, de sorte que les mêmes amis vous diront que j'étais le plus ivrogne des deux. Surtout que, dans ces cas-là, je deviens parfois violent. Si vous n'avez pas passé par les mêmes expériences, comment voulez-vous comprendre ?

— J'essaie ! soupira Maigret.

Et, à brûle-pourpoint :

— Vous avez une maîtresse ?

— Nous y voilà ! On m'a posé la question ce matin et, lorsque j'ai répondu, l'inspecteur a eu l'air triomphant de quelqu'un qui met enfin le doigt sur la vérité.

— Depuis quand ?

— Un an.

— Donc, bien après qu'avait commencé ladétérioration des relations avec votre femme, détérioration qui date, m'avez-vous dit, de cinq ou six ans ?

— Bien après, oui, et cela n'a aucun rapport. Auparavant, j'avais eu des aventures, comme tout le monde, la plupart assez brèves.

— Tandis que, depuis un an, vous êtes amoureux ?

— Cela me gêne d'employer le même mot que j'ai employé pour Christine, car c'est tout différent. Mais comment dire ?

— Qui est-ce ?

— Ma secrétaire. Quand j'ai fait cette réponse à l'inspecteur, on aurait dit qu'il s'y attendait, qu'il était enchanté de sa clairvoyance. Parce que, n'est-ce pas ? c'est si courant que c'en est devenu un sujet de plaisanterie. Et pourtant...

Il n'y avait plus de bière dans les verres. La plupart des passants qu'on voyait tout à l'heure aller et venir sur le pont et sur les quais avaient été absorbés par les bureaux et les magasins où le travail avait repris.

— Elle s'appelle Annette Duché, elle a vingt ans et son père est chef de bureau à la sous-préfecture de Fontenay-le-Comte. Il est à Paris pour le moment et cela m'étonnerait, dès que les journaux seront sortis, qu'il ne vienne pas vous voir.

— Pour vous accuser ?

— C'est possible. Je ne sais pas. D'un moment à l'autre, parce que tel événement s'est produit, parce qu'une personne est morte dans des circonstances mal déterminées, tout devient très compliqué. Vous voyez ce que je veux dire ? Il n'y a plus rien de naturel, d'évident ou de fortuit. Chaque démarche, chaque mot prennent un sens accablant. Je vous assure que je suis lucide. Il me faudra du temps pour mettre mes idées en ordre mais, dès maintenant, je voudrais tant que vous sachiez que je ne vous cache rien et que j'aiderai, de toutes mes forces, à ce que vous découvriez la vérité...

» Annette a travaillé pendant six mois avenue Marceau sans que je m'aperçoive de sa présence car M. Jules, le chef du personnel, l'avait placée au service des expéditions, qui est à un autre étage que mon bureau et où je mets rarement les pieds. Un après-midi que ma secrétaire était souffrante et que j'avais un rapport important à dicter, on me l'a envoyée. Nous avons travaillé jusqu'à onze heures du soir, dans les locaux vides, et, comme j'avais des remords de l'avoir empêchée de dîner, je l'ai emmenée manger un morceau dans un restaurant du quartier.

» Je pourrais dire que c'est tout. Je viens de passer la quarantaine et elle a vingt ans. Elle ressemble à certaines jeunes filles que j'ai connues à Sète et à Montpellier... J'ai longtemps hésité... Je l'ai d'abord fait transférer dans un bureau voisin, où il m'était possible de l'observer... Je me suis renseigné sur elle... On m'a dit qu'elle était sage, qu'elle avait d'abord vécu chez une tante, rue Lamarck, puis qu'après s'être disputée avec celle-ci elle avait loué un petit logement rue Caulaincourt...

» C'est ridicule, soit ! Je n'en suis pas moins allé me promener rue Caulaincourt et j'ai vu des pots de géraniums à sa fenêtre du quatrième étage...

» Pendant près de trois mois, il ne s'est rien passé. Puis, comme nous montions une succursale à Bruxelles, j'y ai envoyé ma secrétaire et j'ai installé Annette à sa place...

— Votre femme était au courant ?

— Je ne lui cachais rien. Elle non plus.

— Elle avait des amants ?

— Si je réponds, on prétendra que, pour me

défendre, je n'hésite pas à noircir sa mémoire... En mourant, les gens deviennent sacrés...

— Comment a-t-elle réagi ?

— Christine ? Au début, elle n'a pas réagi, se contentant de me regarder avec un rien de pitié.

» — *Pauvre Adrien ! Tu en es là...*

» Elle me demandait des nouvelles de la *petite,* comme elle l'appelait.

» — *Pas encore enceinte ? Qu'est-ce que tu feras, quand cela arrivera ? Tu demanderas le divorce ?*

Maigret, les sourcils froncés, regarda son interlocuteur avec plus d'attention.

— Annette est enceinte ? questionna-t-il.

— Non ! De cela, tout au moins, il sera facile de faire la preuve.

— Elle habite toujours rue Caulaincourt ?

— Elle n'a rien changé à son genre de vie. Je ne lui ai pas meublé d'appartement ; je ne lui ai acheté ni voiture, ni bijoux, ni manteau de fourrure... Les géraniums sont restés sur l'appui de la fenêtre... Il y a, dans la chambre, une armoire à glace en noyer comme celle de mes parents et la cuisine continue à servir de salle à manger...

Sa lèvre frémissait, comme s'il lançait un défi.

— Vous n'aviez pas envie que cela change ?

— Non.

— Vous passiez souvent la nuit rue Caulaincourt ?

— Une ou deux fois par semaine.

— Pouvez-vous me faire un récit aussi exact que possible de la journée d'hier et de la nuit ?

— Je commence à quel moment ?

— Dès le matin...

Maigret se tournait vers Lapointe, comme pour lui recommander d'enregistrer avec soin cet emploi du temps.

— Je me suis levé à sept heures et demie,

comme d'habitude, et je suis allé sur la terrasse pour ma culture physique.

— Cela se passait donc rue Lopert ?

— Oui.

— Qu'aviez-vous fait la veille au soir ?

— Nous étions allés, Christine et moi, à la première des *Témoins*, au théâtre de la Madeleine, et nous avions soupé ensuite dans un cabaret de la place Pigalle.

— Pas de dispute ?

— Non. J'avais une grosse journée devant moi le lendemain. Nous envisageons de changer l'emballage de plusieurs de nos produits et cette question de présentation a une énorme influence sur la vente.

— A quelle heure vous êtes-vous couché ?

— Aux alentours de deux heures du matin.

— Votre femme s'est couchée à la même heure ?

— Non. Je l'ai laissée à Montmartre avec des amis que nous avions rencontrés.

— Leur nom ?

— Les Joublin. Gaston Joublin est avocat. Ils habitent rue Washington.

— Vous savez à quelle heure votre femme est rentrée ?

— Non. J'ai le sommeil profond.

— Vous aviez bu ?

— Quelques coupes de champagne. J'étais parfaitement sain d'esprit, uniquement préoccupé de mon travail du lendemain.

— Vous êtes entré, le matin, dans la chambre de votre femme ?

— J'ai entrouvert la porte et l'ai vue qui dormait.

— Vous ne l'avez pas éveillée ?

— Non.

— Pourquoi avez-vous ouvert la porte ?

— Pour m'assurer qu'elle était rentrée.

— Il lui arrivait de ne pas rentrer ?
— Parfois.
— Elle était seule ?
— Elle n'a jamais, à ma connaissance, ramené quelqu'un à la maison.
— Combien avez-vous de domestiques ?
— Très peu, en somme, pour une maison comme la nôtre. Il est vrai que nous prenions rarement nos repas chez nous. La cuisinière, Mme Siran, qui est plutôt ce que les Anglais appellent une *housekeeper,* ne couche pas rue Lopert et vit avec son fils dans le quartier de Javel, de l'autre côté du pont Mirabeau. Son fils doit avoir une trentaine d'années, est célibataire, mal portant, et travaille au métro.

» Il n'y a, à coucher sous notre toit, que la femme de chambre, une Espagnole qui s'appelle Carlotta...
— Qui prépare votre petit déjeuner ?
— Carlotta. Mme Siran n'arrive guère qu'au moment où je suis prêt à partir.
— Tout s'est passé, hier matin, comme les autres jours ?
— Oui... Je cherche... Je ne vois rien de particulier... J'ai pris mon bain, me suis habillé, suis descendu manger un morceau et, comme je m'installais dans ma voiture, qui passe toujours la nuit devant la porte, j'ai aperçu Mme Siran qui tournait le coin de la rue, son cabas à provisions au bras, car elle fait son marché en chemin...
— Vous avez une seule voiture ?
— Deux... Je me sers personnellement d'une deux places de marque anglaise, car j'ai la passion des voitures de sport.... Christine, elle, conduit une voiture américaine...
— L'auto de votre femme était au bord du trottoir ?

— Oui. La rue Lopert est calme, peu passante, et il est aisé d'y parquer.

— Vous vous êtes rendu tout de suite avenue Marceau ?

Josset rougit, haussa imperceptiblement les épaules.

— Non ! Et ceci encore va, bien entendu, se retourner contre moi. Je suis allé chercher Annette rue Caulaincourt.

— Vous y allez chaque matin ?

— A peu près. Mon cabriolet est décapotable. Au printemps, c'est un plaisir de traverser Paris de bonne heure...

— Vous arrivez au bureau en compagnie de votre secrétaire ?

— Pendant longtemps, je la déposais à la plus proche station de métro. Des employés nous ont vus. Tout le monde ayant fini par savoir, j'ai préféré jouer franc jeu et je pense que j'éprouvais un certain plaisir à ne rien cacher, voire à braver l'opinion. J'ai horreur, voyez-vous, de certains sourires, des chuchotements, des airs entendus. Comme il n'y a rien de malpropre dans notre liaison, je ne vois pas pourquoi...

Il cherchait une approbation et le commissaire restait impassible. C'était son rôle.

Le temps était le même que la veille, un savoureux matin de printemps, et la petite voiture de sport, descendant de Montmartre, s'était faufilée dans le trafic, longeant les grilles à pointes d'or du parc Monceau, traversant la place des Ternes, contournant l'Arc de Triomphe à l'heure où une foule encore fraîche se précipite vers son travail.

— J'ai passé la matinée à discuter avec mes chefs de service, en particulier avec le chef des ventes...

— En présence d'Annette ?

— Elle a sa place dans mon bureau.

De hautes fenêtres, sans doute, donnant sur l'avenue élégante où des autos de luxe stationnaient le long des trottoirs.

— Vous avez déjeuné avec elle ?

— Non. J'ai invité au *Berkeley* un gros client anglais qui venait d'arriver.

— Vous n'aviez pas de nouvelles de votre femme ?

— Je lui ai téléphoné à deux heures et demie, en rentrant au bureau.

— Elle était levée ?

— Elle s'éveillait. Elle m'a annoncé qu'elle ferait quelques courses, puis qu'elle dînerait avec une amie.

— Elle n'a pas cité de nom ?

— Je ne crois pas. Je m'en souviendrais. Comme cela arrive fréquemment, je n'y ai pas prêté attention et nous avons repris la conférence interrompue à midi.

— Il ne s'est rien produit d'inaccoutumé au cours de l'après-midi ?

— Ce n'est pas inaccoutumé, mais cela a son importance... Vers quatre heures, j'ai envoyé un de nos cyclistes dans un magasin de la Madeleine pour acheter des hors-d'œuvre, une langouste, de la salade russe et des fruits... Je lui ai recommandé, si les premières cerises étaient arrivées, d'en acheter deux caissettes... Il a déposé le tout dans ma voiture... A six heures, mes collaborateurs sont partis, ainsi que la plupart des employés... A six heures et quart, M. Jules, le plus ancien de la maison, est venu me demander si je n'avais plus besoin de lui et est parti à son tour...

— Et votre associé, M. Virieu ?

— Il avait quitté le bureau dès cinq heures... Malgré les années, il est resté un amateur et son rôle est plutôt représentatif... C'est lui qui invite en général nos correspondants étrangers et nos gros clients de province à déjeuner ou à dîner...

— Il était du déjeuner avec l'Anglais ?

— Oui. Il assiste aussi aux congrès...

— Vous étiez seuls, votre secrétaire et vous, dans la maison ?

— Sauf le concierge, évidemment. Cela nous arrive souvent. Nous sommes descendus et, une fois dans la voiture, j'ai décidé de profiter du beau temps pour aller prendre l'apéritif en dehors de la ville... Cela me délasse de conduire... Nous avons gagné en peu de temps la vallée de Chevreuse et nous avons pris un verre dans une auberge...

— Il ne vous arrivait pas, à Annette et vous, de dîner au restaurant ?

— Rarement. Au début, j'ai évité de le faire parce que je gardais notre liaison plus ou moins secrète. Par la suite, j'ai pris goût à nos dînettes dans le petit appartement de la rue Caulaincourt...

— Avec les géraniums à la fenêtre.

Josset parut blessé.

— Cela vous fait sourire ? questionna-t-il, un rien agressif.

— Non.

— Vous ne comprenez pas ?

— Je crois que si.

— Même la langouste devrait vous aider... Dans ma famille, quand j'étais enfant, on ne mangeait de la langouste qu'aux grandes fêtes... Chez les parents d'Annette aussi... Lorsque nous faisions la dînette, comme nous disions, nous cherchions des plats dont nous avons eu envie pendant notre jeunesse... Au fait, il y a un cadeau que je lui ai offert, dans le même esprit : un réfrigérateur, qui détonne dans le logement peu moderne et qui nous permet de tenir du vin blanc au frais, parfois d'ouvrir une bouteille de champagne... Vous ne vous moquez pas de moi ?

Maigret le rassura d'un geste. C'était Lapointe qui souriait, comme si cela lui rappelait de récents souvenirs.

— Il était un peu moins de huit heures quand nous sommes arrivés rue Caulaincourt. Je dois encore faire une parenthèse. La concierge, maternelle avec Annette au début, quand je n'avais pas encore mis les pieds dans la maison, l'a ensuite prise en grippe, grommelant sur son passage des mots grossiers et me tournant carrément le dos... Nous sommes passés devant la loge où la famille était à table et je jurerais que cette femme nous a regardés avec un mauvais sourire...

» Cela m'a assez frappé pour que j'aie eu envie de revenir sur mes pas et de lui demander ce qui provoquait chez elle cette sorte de jubilation...

» Je ne l'ai pas fait mais nous avons eu la réponse une demi-heure plus tard... Là-haut, j'ai retiré mon veston et, pendant qu'Annette se changeait, j'ai mis la table... Je ne m'en cache pas... Cela aussi m'est un plaisir, me rajeunit... Elle me parlait de la pièce voisine, tandis que je jetais parfois un coup d'œil par la porte entrouverte... Elle a un corps très frais, très clair, reposant...

» Je suppose que tout cela sera déballé en public... A moins qu'il se trouve quelqu'un pour me croire...

Il ferma les yeux de fatigue et Maigret alla lui chercher un verre d'eau dans le placard, hésitant à lui servir un peu de la fine dont il gardait toujours une bouteille en réserve.

C'était trop tôt. Il craignit de provoquer une excitation artificielle.

— Au moment où nous nous mettions à table devant la fenêtre ouverte, Annette s'est mise à écouter et, un peu plus tard, j'ai entendu, moi aussi, des pas dans l'escalier. Cela n'avait rien d'étonnant, puisque l'immeuble comporte cinq étages et qu'il y avait trois appartements au-dessus de notre tête.

» Pourquoi se sentit-elle gênée, soudain, de n'avoir sur le corps qu'un peignoir de satin bleu ? Les pas s'arrêtaient sur notre palier. On ne frappait pas à la porte et une voix prononçait :

» — Je sais que tu es là. Ouvre !

» C'était son père. Depuis que nous nous connaissons, Annette et moi, il n'était pas venu à Paris. Je ne l'avais jamais vu. Elle me l'avait décrit comme un homme triste, sévère et renfermé. Veuf depuis plusieurs années, il vivait seul, replié sur lui-même, sans prendre la moindre distraction.

» — Un instant, papa !...

» Il était trop tard pour qu'elle se rhabille. Je n'ai pas pensé à endosser mon veston. Elle a ouvert la porte. C'est moi qu'il a regardé tout de suite, les yeux durs sous d'épais sourcils gris.

» — Ton patron ? demandait-il à sa fille.

» — M. Josset, oui...

» Son regard errait sur la table, s'arrêtait sur la tache rouge de la langouste, sur la bouteille de vin du Rhin.

» — C'est bien ce qu'on m'avait dit, murmura-t-il alors en s'asseyant sur une chaise.

» Il n'avait pas retiré son chapeau. Il m'examinait de la tête aux pieds, avec une moue dégoûtée.

» — Je suppose que vous avez votre pyjama et vos pantoufles dans l'armoire ?

» Il ne se trompait pas et j'ai rougi. S'il était entré dans la salle de bains, il y aurait trouvé un rasoir, un blaireau, ma brosse à dents et le dentifrice auquel je suis habitué.

» Annette qui, au début, n'osait pas lever les yeux sur lui, se mettait seulement à l'observer et remarquait qu'il soufflait d'une façon curieuse, comme si la montée de l'escalier l'avait affecté. Il avait aussi un étrange balancement du torse.

» — Tu as bu, papa ? s'écria-t-elle.

» Il ne buvait jamais. Sans doute, dans la journée, était-il déjà venu rue Caulaincourt et avait-il pris contact avec la concierge ? Peut-être était-ce celle-ci qui lui avait écrit pour le mettre au courant ?

» Pour attendre, ne s'était-il pas installé dans le petit bar d'en face, d'où il nous avait vus entrer dans la maison ?

» Il avait bu pour se donner du courage. C'était un homme au teint grisâtre, aux vêtements flottants, qui avait été gros et peut-être réjoui.

» — Ainsi, c'était vrai...

» Il nous épiait tour à tour, cherchant ce qu'il allait dire, probablement aussi mal à l'aise que nous l'étions.

» Enfin, tourné vers moi, il questionna, menaçant et honteux tout ensemble :

» — Qu'est-ce que vous comptez faire ?

3

La concierge qui veut avoir son portrait dans le journal

Toute cette partie de l'interrogatoire, Maigret l'avait condensée en vingt ou en trente répliques qui représentaient pour lui des points de repère. Il parlait rarement d'une façon continue. Ses entretiens avec le docteur Pardon étaient parsemés de silences pendant lesquels il tirait lentement sur sa pipe, comme pour laisser au contenu des phrases le temps de prendre forme. Il savait que les mots, pour son ami, avaient le même sens que pour lui, les mêmes résonances.

— Une situation si banale qu'elle n'est plus qu'un sujet de plaisanteries éculées. On compte sans doute des dizaines de milliers d'hommes, rien qu'à Paris, dans le même cas. Pour la plupart d'entre eux, cela s'arrange, plus ou moins bien. Le drame, s'il y en a, se borne à une scène conjugale, à la séparation, parfois au divorce, et la vie continue...

L'homme, devant lui, dans le bureau qui sentait le printemps et le tabac, luttait farouchement pour que la vie continue et, de temps en temps, épiait le commissaire pour savoir s'il lui restait une chance.

La scène à trois personnages, dans le logement de la rue Caulaincourt, avait été à la fois dramatique et sordide. C'est ce mélange-là, de sincérité et de comédie, de tragique et de grotesque, qui est si difficile à exprimer, difficile même à concevoir après coup, et Maigret comprenait le découragement d'un Josset cherchant ses mots, jamais satisfait de ceux qu'il trouvait.

— Je suis persuadé, monsieur le commissaire, que le père d'Annette est un honnête homme. Et pourtant !... Il ne boit pas, je vous l'ai dit... Il mène une vie austère depuis la mort de sa femme... Il a l'air d'un homme qui se ronge... Je ne sais pas... Ce n'est qu'une supposition... Peut-être est-ce le remords de ne pas l'avoir rendue plus heureuse ?...

» Or, hier, en attendant notre arrivée rue Caulaincourt, il a pris plusieurs verres... Il se trouvait dans un bar, le seul endroit d'où observer la maison... Il a commandé à boire machinalement, ou pour se donner du courage, et il a continué sans s'en rendre compte...

» Lorsqu'il s'est dressé en face de moi, il n'avait pas perdu le contrôle de lui-même, mais il n'aurait pas été possible de discuter avec lui.

» Que pouvais-je répondre à sa question ?

» Il répétait, en me fixant toujours d'un air sombre :

» — *Que comptez-vous faire ?*

» Et moi, qui ne me reprochais rien quelques instants plus tôt, moi qui étais si fier de notre amour que je ne résistais pas à l'envie de le montrer à tout le monde, je me sentais soudain coupable.

» Nous avions à peine commencé à manger. Je revois le rouge de la langouste et le rouge des géraniums, Annette qui serrait son peignoir bleu sur sa poitrine et qui ne pleurait pas.

» Je balbutiais, sincèrement ému :

» — Je vous assure, monsieur Duché...

» Il continuait :

» — *Vous vous êtes rendu compte, j'espère, que c'était une vraie jeune fille ?*

» Je n'ai pas vu le côté comique de ces mots-là dans la bouche du père. Ce n'était d'ailleurs pas vrai. Annette n'était plus tout à fait une vraie jeune fille quand je l'ai rencontrée et elle n'a pas essayé de me jouer la comédie.

» Le plus curieux, c'est que c'est à cause de son père, indirectement, qu'elle ne l'était plus. Ce solitaire misanthrope n'avait qu'une admiration, une amitié humble, une sorte de culte pour un homme de son âge qui était son supérieur hiérarchique.

» Annette avait débuté comme dactylo dans le bureau de ce personnage et Duché en avait éprouvé la même fierté que certains pères éprouvent à donner leurs fils à la patrie.

» C'est idiot, non ? C'est avec cet homme qu'Annette devait connaître sa première expérience, incomplète, d'ailleurs, à cause de la défaillance de son partenaire, et, à cause du souvenir obsédant qu'elle en gardait, afin aussi d'en éviter la répétition, elle est venue à Paris.

» Je n'ai pas eu le courage de le dire au père. Je me suis tu, cherchant mes mots.

» Mon interlocuteur, la voix pâteuse, insistait :

» — *Vous avez prévenu votre femme ?*

» Je dis oui, sans réfléchir, sans penser aux conséquences.

» — *Elle accepte le divorce ?*

» J'ai encore répondu oui, je l'avoue.

Maigret, qui le regardait d'un œil lourd, questionnait à son tour.

— Vous n'avez jamais pensé réellement au divorce ?

— Je ne sais pas... Vous voulez la vérité, n'est-ce pas ?... L'idée m'en est peut-être venue, mais pas d'une façon nette... J'étais heureux... Mettons que j'avais assez de petites joies pour me considérer comme un homme heureux et je ne me sentais pas le courage de...

Il s'efforçait toujours d'être exact mais, parce qu'il cherchait une exactitude impossible, il se décourageait.

— En somme, vous n'aviez aucune raison de changer quoi que ce soit à la situation ?

— C'est plus compliqué... Avec Christine aussi j'avais connu une période... mettons une période différente... Une de ces périodes pendant lesquelles la vie prend une autre couleur... Vous voyez ?... Puis, petit à petit, la réalité a percé... J'ai vu naître une autre femme... Je ne lui en ai pas voulu... J'ai compris que c'était fatal... C'était moi qui n'avais pas découvert la vérité tout de suite...

» Cette autre femme-là, que Christine est devenue à mes yeux, est émouvante aussi, peut-être plus que la première... Seulement elle n'inspire ni élans, ni transports... On est sur un autre terrain...

Il se passait la main sur le front d'un geste qu'il répétait de plus en plus fréquemment.

— Je voudrais tant que vous me croyiez !... J'essaie de vous faire tout comprendre... Annette est différente de ce que Christine a été... Moi aussi... Et je n'ai plus le même âge... J'étais heureux de ce qu'elle me donnait, sans aucun désir d'en savoir davantage... Vous trouvez sans doute mon attitude égoïste, peut-être cynique ?...

— Vous n'aviez pas envie de faire d'Annette votre femme et de recommencer la première expérience... Vous n'en avez pas moins dit au père...

— Je ne me rappelle pas au juste les mots que

j'ai prononcés... En face de lui, j'ai eu honte... Je me suis senti coupable... En outre, je voulais éviter une scène... J'ai juré que j'aimais Annette, ce qui est vrai... J'ai promis de l'épouser dès que ce serait possible...

— Vous avez employé ces mots-là ?

— Peut-être... En tout cas, j'ai parlé avec assez de chaleur pour que Duché en soit ému... Il a été question du temps que prendraient les formalités... Pour en finir avec la rue Caulaincourt, je vous donne vite un détail plus ridicule que les autres... A la fin, je me sentais à ce point gendre que j'ai débouché la bouteille de champagne que nous gardions toujours dans le réfrigérateur et nous avons trinqué...

» Lorsque je suis sorti de la maison, il faisait nuit. Je suis monté dans ma voiture et j'ai roulé un certain temps au hasard des rues...

» Je ne savais plus si j'avais bien ou mal agi... J'avais l'impression d'avoir trahi Christine... Je n'ai jamais été capable de tuer un animal... Une fois, cependant, chez des amis, à la campagne, on m'a demandé de couper le cou d'un poulet et je n'ai pas osé me dégonfler... Tout le monde me regardait... J'ai dû m'y reprendre à deux fois et il me semblait que je procédais à une exécution capitale...

» C'était un peu ce que je venais de faire... Parce qu'un bonhomme à moitié ivre avait joué devant moi le rôle du père offensé, j'avais renié quinze ans de vie commune avec Christine ; j'avais promis, juré de la sacrifier...

» Je me suis mis à boire à mon tour, dans le premier bistrot venu... Ce n'était pas loin de la place de la République, où j'ai été surpris de me retrouver ensuite... Puis j'ai gagné les Champs-Elysées... Autre bar... Là, j'ai vidé trois ou quatre verres coup sur coup en essayant d'imaginer ce que je dirais à ma femme...

» Je construisais des phrases, que je prononçais à mi-voix, pour les essayer...

Il regarda Maigret, l'air soudain suppliant.

— Je vous demande pardon... Cela ne se fait sans doute pas... Vous n'auriez pas quelque chose à boire ?... J'ai tenu jusqu'à présent... Mais c'est physique, vous comprenez ?... Quand on a trop bu la veille...

Et Maigret alla ouvrir le placard, prit la bouteille de cognac dont il servit un verre à Josset.

— Merci... Je continue à avoir honte de moi... Cela dure depuis hier soir, depuis cette scène grotesque, mais ce n'est pas pour les raisons que les gens imagineront...

» Je n'ai pas tué Christine... L'idée ne m'en est pas venue un seul instant... J'ai cherché des quantités de solutions, c'est vrai, des solutions invraisemblables, car j'étais ivre à mon tour... Même si j'avais eu l'intention de la supprimer, j'en aurais été physiquement incapable...

Le téléphone ne sonnait toujours pas chez les Pardon. Le petit tailleur n'était donc pas mort et sa femme attendait toujours tandis que les enfants s'étaient sans doute endormis.

— A ce moment-là, disait Maigret, je pensais qu'il était encore temps...

Il ne précisait pas le temps de quoi.

— Je m'efforçais de me faire une opinion, pesant le pour et le contre... Mon téléphone a sonné... C'était Janvier, qui m'appelait dans le bureau des inspecteurs... Je me suis excusé et je suis sorti...

» Janvier tenait à me montrer une nouvelle édition d'un journal de l'après-midi, dont l'encre était encore fraîche. Un titre en caractères gras annonçait :

La vie double d'Adrien Josset
Scène violente rue Caulaincourt

— Les autres journaux ont l'information aussi ?
— Non. Celui-ci seulement.
— Téléphone à la rédaction pour savoir d'où ils la tiennent.
En attendant, Maigret lisait l'article.

Nous sommes en mesure de fournir quelques précisions sur la vie privée d'Adrien Josset, dont la femme a été assassinée la nuit dernière dans leur hôtel particulier d'Auteuil, ainsi que nous le relatons plus haut.
Tandis que des amis du couple considéraient celui-ci comme très uni, le fabricant de produits pharmaceutiques menait en réalité, depuis un an environ, une vie double.
Amant de sa secrétaire, Annette D..., âgée de vingt ans, il avait installé celle-ci dans un appartement de la rue Caulaincourt où il allait la chercher chaque matin avec sa voiture de grand sport et où il la reconduisait presque chaque soir.
Deux ou trois fois par semaine, Adrien Josset dînait chez sa maîtresse et il lui arrivait fréquemment d'y passer la nuit.
Or, hier soir, un incident dramatique s'est produit rue Caulaincourt. Le père de la jeune fille, un honorable fonctionnaire de Fontenay-le-Comte, rendant une visite inopinée à sa fille, s'est trouvé en face du couple dont l'intimité ne pouvait faire aucun doute.
Les deux hommes se seraient affrontés dans une scène violente. Nous n'avons malheureusement pas pu rejoindre M. D..., qui aurait quitté la capitale ce matin, mais les événements de la rue Caulaincourt ne sont sans doute pas étrangers au drame qui

devait se dérouler un peu plus tard dans l'hôtel particulier d'Auteuil.

Janvier raccrochait.

— Je n'ai pas eu le reporter au bout du fil, car il n'est pas en ce moment au journal...

— Il doit se trouver ici, à attendre avec les autres dans le couloir.

— C'est possible... La personne qui m'a répondu ne voulait rien me dire... Elle m'a d'abord parlé d'un coup de téléphone anonyme, reçu vers midi par la rédaction, juste après que la radio eut annoncé le crime... J'ai fini par comprendre qu'il s'agit en fait de la concierge...

Une demi-heure plus tôt, Josset avait encore une chance de se défendre dans de bonnes conditions. Il n'était pas inculpé. Si on pouvait le considérer comme suspect, il n'existait contre lui aucune preuve matérielle.

Coméliau, dans son cabinet, attendait le résultat de l'interrogatoire et, s'il avait hâte d'offrir un coupable au public, il ne prendrait pas de décision contre l'avis du commissaire.

Une concierge désireuse d'avoir sa photographie dans le journal venait de changer la situation.

Pour le public, Josset était désormais l'homme à la vie double, et même les milliers d'hommes dans son cas ne pourraient s'empêcher de voir là l'origine de la mort de sa femme.

C'était si vrai que Maigret entendait déjà, à travers la porte, le téléphone sonner dans son bureau. Quand il y entra, Lapointe, qui avait décroché, disait :

— Le voici, monsieur le juge... Je vous le passe...

Coméliau, évidemment !

— Vous avez lu, Maigret ?

Celui-ci répondit assez sèchement :

— Je savais.

Josset ne pouvait ignorer qu'il s'agissait de lui et s'efforçait de comprendre.

— C'est vous qui avez fourni l'information au journal ? La concierge vous a renseigné ?

— Non. *Il* me l'a dit.

— De son plein gré ?

— Oui.

— Il a réellement rencontré le père de la jeune fille hier soir ?

— C'est exact.

— Vous ne pensez pas que, dans ces conditions...

— Je ne sais pas, monsieur le juge. L'interrogatoire continue.

— Vous en avez pour longtemps ?

— C'est improbable.

— Tenez-moi au courant le plus vite possible et ne donnez aucune information à la presse avant de m'avoir vu.

— Je vous le promets.

Fallait-il en parler à Josset ? Etait-ce plus honnête ? Ce coup de téléphone l'alarmait.

— Je suppose que le juge...

— Il ne fera rien avant de m'avoir vu... Asseyez-vous... Essayez de rester calme... Il me reste un certain nombre de questions à vous poser...

— Il vient de se passer quelque chose, n'est-ce pas ?

— Oui.

— Mauvais pour moi ?

— Assez... Je vous en parlerai tout à l'heure... Où en étiez-vous ?... Dans un bar du quartier de l'Etoile... Tout cela sera vérifié, pas nécessairement parce qu'on doute de votre parole, mais par routine... Vous connaissez le nom du bar ?...

— Le *Select*... Jean, le barman, me connaît depuis longtemps...

— Quelle heure était-il ?

— Je n'ai pas regardé ma montre, ni l'horloge du bar, mais je dirais neuf heures et demie...

— Vous n'avez parlé à personne ?

— Au barman.

— Vous avez fait allusion à vos ennuis ?

— Non... Il s'en est rendu compte, à ma façon de boire, car ce n'est pas mon genre... Il m'a dit quelque chose comme :

» — *Ça ne va pas, monsieur Josset ?*

» Et j'ai dû répondre :

» — *Pas fort...*

» Oui. C'est cela. J'ai ajouté, par respect humain, par crainte qu'on me prenne pour un ivrogne :

» — *J'ai mangé quelque chose qui ne passe pas...*

— Vous étiez donc lucide ?

— Je savais où j'étais, ce que je faisais, à quel endroit j'avais laissé ma voiture... Un peu plus tard, je me suis arrêté à un feu rouge... Est-ce cela que vous appelez de la lucidité ?... La réalité n'en était pas moins déformée... Le fait déjà que je me plaignais, m'attendrissais sur moi-même, ce qui n'est pas dans mon caractère...

C'était pourtant un faible, son histoire le prouvait abondamment, et ce n'était pas moins visible sur son visage, dans ses attitudes.

— Je me répétais :

» *Pourquoi moi ?*

» J'avais l'impression d'être la victime d'un traquenard. J'ai été jusqu'à soupçonner Annette d'avoir averti son père et de l'avoir fait venir à Paris pour provoquer une scène qui me mettrait au pied du mur...

» A d'autres moments, c'était à Christine que je m'en prenais... On prétendra que c'est à elle que je dois mon succès et que je suis devenu un personnage assez important... C'est peut-être vrai... Il est impossible de savoir quelle aurait été autrement ma carrière...

» Mais c'est elle aussi qui m'a plongé dans un monde qui n'était pas le mien, où je ne me suis jamais senti à mon aise... Au bureau, seulement, je...

Il secouait la tête.

— Quand je serai moins fatigué, j'essayerai de mettre tout ça bout à bout... Christine m'a beaucoup appris... Il y a en elle du meilleur et du pire... Elle n'est pas heureuse et ne l'a jamais été... J'allais ajouter qu'elle ne le sera jamais... Vous voyez que je ne parviens pas à me convaincre de sa mort... N'est-ce pas une preuve que je n'y suis pour rien ?...

Ce n'en était pas une, d'autres expériences l'avaient prouvé à Maigret.

— Après le *Select,* vous êtes rentré chez vous ?

— Oui.

— Dans quelle intention ?

— De parler à Christine, de tout lui raconter, de discuter avec elle de ce qu'il fallait faire.

— A ce moment-là, envisagiez-vous la possibilité d'un divorce ?

— Cela me paraissait comme la solution la plus simple, mais...

— Mais ?

— Je me rendais compte qu'il serait difficile de faire accepter cette idée par ma femme... Pour comprendre, il faudrait que vous l'ayez connue, et ses amis eux-mêmes ne savent d'elle que des choses superficielles... Nos relations n'étaient plus sur le même plan qu'autrefois, c'est vrai... Nous n'étions plus amants, je vous l'ai dit... Il nous arrivait de nous heurter et peut-être de nous détester... Je n'en étais pas moins le seul à la connaître et elle ne l'ignorait pas... Il n'y avait que devant moi qu'elle pouvait être elle-même... Je ne la jugeais pas... Est-ce que je ne lui aurais pas manqué ?... Elle avait tellement peur de se retrouver seule !... C'était à cause de cette peur qu'elle souffrait tant de vieillir car, pour elle, vieillesse et solitude étaient synonymes...

» — *Tant que j'aurai de l'argent, je pourrai toujours me payer des compagnons, n'est-ce pas ?*

» Elle disait cela avec l'air de plaisanter, alors que c'était le fond de sa pensée.

» Allais-je lui annoncer tout à trac que je la quittais...

— Vous y étiez pourtant décidé ?

— Oui... Pas tout à fait... Pas comme ça... Je lui aurais raconté la scène de la rue Caulaincourt et je lui aurais demandé conseil...

— Vous lui demandiez souvent conseil ?

— Oui.

— Même pour les affaires ?

— Pour les affaires importantes, toujours.

— Croyez-vous que ce soit seulement par honnêteté que vous ayez éprouvé le besoin de la mettre au courant de vos relations avec Annette ?

Il réfléchit, sincèrement surpris par la question.

— Je vois ce que vous voulez dire... D'abord, il existait une différence d'âge entre nous... Quand je l'ai rencontrée, je connaissais à peine Paris et je n'en voyais que ce qu'un étudiant pauvre peut en découvrir... Elle m'a tout appris d'un certain genre de vie, d'une certaine société...

— Que s'est-il passé quand vous avez atteint la rue Lopert ?

— Je me demandais si Christine serait rentrée. C'était peu probable et je m'attendais à devoir l'attendre un certain temps. Cette idée me rassurait, car j'avais besoin de me donner du courage...

— En continuant à boire ?

— Si vous voulez. Lorsqu'on a commencé, on

est persuadé qu'un verre de plus vous remettra plus d'aplomb. J'ai vu la Cadillac devant la porte.

— Et de la lumière dans la maison ?

— Je n'en ai remarqué que dans la chambre de Carlotta, tout en haut. Je suis entré avec ma clef.

— Vous avez mis le verrou ?

— J'attendais cette question, car on me l'a posée ce matin. Je suppose que je l'ai fait machinalement, parce que c'est une habitude, mais je n'en garde aucun souvenir.

— Vous ignoriez toujours l'heure ?

— Non. J'ai regardé l'heure à l'horloge du hall. Il était dix heures moins cinq.

— Vous n'avez pas été surpris que votre femme soit rentrée si tôt ?

— Non. Elle n'a jamais vécu selon des règles établies et il est difficile de prévoir ce qu'elle va décider de faire...

Il continuait à parler d'elle au présent, comme si elle était encore en vie.

— Vous avez visité la maison ? demanda-t-il à son tour.

Maigret l'avait mal vue, superficiellement, car le Parquet était sur les lieux, le Dr Paul, le commissaire du quartier et sept ou huit experts de l'Identité Judiciaire.

— Il faudra que j'y retourne, murmura-t-il.

— Vous découvrirez un bar, au rez-de-chaussée...

Ce rez-de-chaussée ne formait en réalité qu'une seule pièce, compliquée, avec des pans de mur et des recoins imprévus, et Maigret se souvenait en effet d'un bar presque aussi grand que ceux qu'on trouve aux Champs-Elysées.

— Je me suis servi un verre de whisky... Ma femme ne boit que ça... Affalé dans un fauteuil, je voulais me donner le temps de souffler...

— Vous avez allumé les lampes ?

— J'avais éclairé le hall, en entrant, mais j'ai éteint tout de suite. Il n'y a pas de volets aux fenêtres. Un réverbère, qui se trouve à dix mètres de la maison, jette une lueur suffisante dans la pièce... En outre la lune était presque pleine... Je me souviens de l'avoir regardée un certain temps et même de l'avoir prise à témoin...

» Je me suis levé pour me servir à nouveau à boire... Nos verres sont très grands... De retour dans mon fauteuil, un whisky à la main, j'ai continué à penser...

» C'est dans ces conditions, monsieur le commissaire, que je me suis endormi.

» L'inspecteur de ce matin ne m'a pas cru, m'a conseillé de changer mon système de défense et, quand je me suis obstiné, s'est mis en colère.

» C'est cependant la vérité... Si le drame a eu lieu pendant mon sommeil, je n'ai rien entendu... Je n'ai pas rêvé non plus... Je ne me souviens de rien, sinon d'un trou, je ne trouve pas d'autre mot...

» Une douleur dans le côté m'a éveillé progressivement, une courbature...

» Je suis resté un certain temps à reprendre mes esprits avant de me remettre debout...

— Vous vous sentiez ivre ?

— Je suis incapable de l'affirmer... Maintenant, cela m'apparaît comme un cauchemar... J'ai allumé, bu un verre d'eau, après avoir hésité à prendre encore de l'alcool... Enfin, je me suis engagé dans l'escalier...

— Avec l'idée d'éveiller votre femme et de discuter avec elle de la situation ?

Il ne répondit pas, regarda le commissaire avec étonnement, comme avec reproche. Il semblait dire :

— C'est vous qui me demandez ça ?

Et Maigret, un peu gêné, murmurait :

— Continuez.

— Je suis entré dans ma chambre, où j'ai allumé, et je me suis vu dans le miroir. J'avais mal à la tête. J'étais dégoûté de ma barbe qui poussait, de mes yeux battus.

» Machinalement, j'ai poussé la porte de la chambre de Christine... C'est alors que je l'ai vue comme vous l'avez vue ce matin...

Le corps à moitié hors du lit, la tête pendante au-dessus d'une carpette de fourrure maculée de sang comme étaient maculés les draps et la couverture de satin...

Le Dr Paul, au cours d'un examen rapide, — il était occupé en ce moment à pratiquer l'autopsie, — avait compté vingt et une blessures provoquées par ce que le rapport appelait, selon la terminologie consacrée, un instrument tranchant. Si tranchant, en fait, et manié avec tant de force, que la tête avait été presque sectionnée.

Il y eut un silence dans le bureau de Maigret. Il semblait invraisemblable qu'au-delà des fenêtres la vie continue au même rythme, que le soleil soit si gai, l'air si doux. Sous le pont Saint-Michel, deux clochards dormaient, un journal sur le visage, indifférents au bruit. Et deux amoureux, assis sur le mur de pierre, laissaient pendre les jambes au-dessus de l'eau qui reflétait leur image.

— Tâchez de n'oublier aucun détail.

Josset fit signe qu'il le promettait.

— Avez-vous fait de la lumière chez votre femme ?

— Je n'en ai pas eu le courage.

— Vous êtes-vous approché d'elle ?

— J'en voyais assez de loin.

— Vous ne vous êtes pas assuré qu'elle était morte ?

— C'était évident.

— Quelle a été votre première réaction ?

— De téléphoner... Je me suis approché de l'appareil et j'ai même décroché...

— Pour appeler qui ?

— Je ne savais pas... L'idée de la police ne m'est pas venue tout de suite... J'ai plutôt pensé à notre médecin, le Dr Badel, qui est un ami...

— Pourquoi ne l'avez-vous pas alerté ?

Il répéta, dans un souffle :

— Je ne sais pas...

Le front dans la main, ou il réfléchissait, ou il jouait la comédie à la perfection.

— Ce sont les mots, je suppose, qui m'ont empêché de téléphoner... Dire quoi ?

» — *On vient de tuer Christine... Venez...*

» Alors, on me poserait des questions... La police envahirait la maison... Je n'étais pas en état de lui faire face... Il me semblait que, si on me bousculait un tant soit peu, je m'effondrerais...

— Vous n'étiez pas seul dans la maison... La femme de chambre dormait à l'étage au-dessus...

— Oui... Tous mes actes paraissent illogiques, et pourtant il faut croire que cela suit une certaine logique quand même puisque j'ai agi ainsi et que je ne suis pas fou...

» Il y a eu aussi le fait que j'ai été forcé de me précipiter dans ma salle de bains pour vomir... Cela a créé comme un temps mort... Penché sur la cuvette, je réfléchissais... Je me disais que personne ne me croirait, qu'on allait m'arrêter, me questionner, me jeter en prison...

» Et je me sentais tellement fatigué !... Si seulement je pouvais gagner quelques heures, quelques jours... Il ne s'agissait pas de m'échapper, mais de prendre du recul... C'est peut-être ce qu'on appelle la panique ?... Personne ne vous a jamais dit ça ?...

Josset n'ignorait pas que beaucoup d'autres avaient défilé avant lui dans ce même bureau, aussi las, aussi hagards, et avaient égrené petit à petit leur chapelet de mensonges ou de vérités incommunicables.

— ... Je me suis lavé le visage à l'eau fraîche... Je me voyais une fois encore dans le miroir... Alors, j'ai passé mes mains sur mes joues et je me suis mis à me raser.

— Pourquoi, *exactement,* vous êtes-vous rasé ?

— Je pensais vite, peut-être pas correctement, et je faisais un effort pour ne pas embrouiller les idées qui me venaient les unes après les autres.

» J'avais décidé de partir. Pas en voiture, car je risquais d'être repéré trop vite et, en outre, je n'avais pas le courage de conduire pendant des heures. Le plus simple était de prendre un avion à Orly, n'importe lequel. Mes affaires m'obligent à de fréquents voyages, parfois inopinés, et mon passeport porte toujours un certain nombre de visas...

» Je calculais le temps qu'il me faudrait pour atteindre Orly... Je n'avais guère d'argent sur moi, peut-être vingt ou trente mille francs, et il ne devait pas y en avoir davantage dans la chambre de ma femme, car nous avons l'habitude de tout payer par chèque... C'était une complication...

» Ces préoccupations m'empêchaient de penser à ce qui était arrivé à Christine... L'esprit se fixe sur des détails... C'est à cause d'un détail que je me rasais... Les douaniers d'Orly me connaissent... Sachant que je suis très soigneux, presque exagérément, ils ne manqueraient pas de s'étonner en me voyant partir en voyage non rasé...

» J'étais obligé de passer au bureau, avenue Marceau... Si le coffre ne contenait pas une fortune, j'étais sûr d'y trouver quelques centaines de milliers de francs...

» J'avais besoin d'une valise, ne fût-ce que pour la vraisemblance, et j'y ai fourré un complet, du linge, des objets de toilette... J'ai pensé à mes montres... J'en possède quatre, dont deux d'une certaine valeur... Cela me fournirait de l'argent si je venais à en manquer...

» Les montres m'ont rappelé les bijoux de ma femme... Il était impossible de prévoir ce qui allait arriver... L'avion me déposerait peut-être au bout de l'Europe ou en Amérique du Sud... J'ignorais encore si j'emmènerais Annette...

— Vous avez envisagé de l'emmener ?

— Je crois, oui... Pour ne pas être seul, en partie... Par devoir aussi...

— Pas par amour ?

— Je ne le pense pas. Je réponds franchement. Notre amour, c'était...

Il se reprit.

— Notre amour, *c'est* une chose bien déterminée : sa présence dans mon bureau, le chemin que nous faisons dans ma voiture chaque matin de la rue Caulaincourt à l'avenue Marceau, nos dînettes dans le petit appartement... Je ne *voyais* pas Annette avec moi à Bruxelles, à Londres ou à Buenos Aires, par exemple...

— Vous n'en avez pas moins projeté de l'emmener ?

— ... Peut-être à cause de la promesse faite à son père... Ensuite, j'ai eu peur que celui-ci soit resté pour la nuit rue Caulaincourt... Que lui dire, si je m'y trouvais nez à nez avec lui au beau milieu de la nuit ?

— Vous avez pris les bijoux de votre femme ?

— Une partie, ceux qu'elle conservait dans sa coiffeuse, c'est-à-dire ceux qu'elle avait portés récemment...

— Vous n'avez rien fait d'autre ?

Il hésita, baissa la tête.

— Non. Je ne vois plus rien... J'ai éteint... Je suis descendu sans bruit... J'ai encore hésité à me verser à boire, car j'avais l'estomac barbouillé, mais j'ai tenu bon...

— Vous avez pris votre voiture ?

— J'ai décidé que ce n'était pas prudent... Carlotta pourrait entendre le moteur et, qui sait, descendre au premier ?... Il existe une station de taxis à l'église d'Auteuil et j'ai marché...

Il saisit son verre vide, le tendit à Maigret, le regard timide.

— Vous voulez bien ?

4

Suite de la nuit d'Adrien Josset

Un jour qu'on parlait des fameux interrogatoires à la chansonnette et des non moins traditionnels interrogatoires au troisième degré de la police américaine, Maigret avait dit que les suspects qui ont le plus de chances de s'en tirer sont les imbéciles. Tombée dans l'oreille d'un journaliste, la boutade était devenue un écho que la presse reproduisait périodiquement avec des variantes.

Ce qu'il avait voulu exprimer, en réalité, ce qu'il pensait encore, c'est qu'un être fruste est naturellement méfiant, toujours sur la défensive, qu'il répond par un minimum de mots, sans se soucier de vraisemblance, et qu'ensuite, si on le met en contradiction avec lui-même, il ne se laisse pas démonter et s'en tient farouchement à sa déclaration.

Au contraire, l'homme intelligent éprouve le besoin de s'expliquer, de dissiper les doutes dans l'esprit de son interlocuteur. S'efforçant de convaincre, il va au-devant des questions qu'il prévoit, fournit trop de détails et, dans son obstination à bâtir un système cohérent, finit par donner prise.

Alors, sa logique mise en défaut, il est rare qu'il

ne se trouble pas et que, honteux de lui-même, il ne préfère avouer.

Adrien Josset allait au-devant des questions, lui aussi, anxieux d'expliquer des faits et gestes en apparence incohérents.

Non seulement il admettait cette incohérence, mais il la soulignait, avec parfois l'air d'en chercher la clef à voix haute.

Coupable ou innocent, il était assez au courant du mécanisme d'une enquête pour savoir que, celle-ci commencée, c'était un engrenage dans lequel passeraient tôt ou tard ses moindres faits et gestes de la nuit.

Il apportait tant d'ardeur à tout dire que deux ou trois fois Maigret avait failli arrêter cette sorte de confession qui, au gré du commissaire, venait avant son heure.

Car cette heure, d'habitude, Maigret la choisissait. Il préférait auparavant avoir une vue plus complète et plus personnelle d'une affaire. Ce matin, c'est à peine s'il avait jeté un coup d'œil à la maison de la rue Lopert, ne sachant encore rien de ses habitants et presque rien du crime.

Il n'avait questionné personne, ni la femme de chambre espagnole, ni cette Mme Siran, la cuisinière dont le fils travaillait au métro et qui rentrait chaque soir à Javel.

Il n'avait aucune idée des voisins, n'avait pas vu Annette Duché, ni son père venu de Fontenay-le-Comte sur un appel plus ou moins mystérieux. Et il restait encore à connaître le siège social des produits pharmaceutiques Josset et Virieu, avenue Marceau, les amis de Josset, tant de personnages plus ou moins importants !

Le Dr Paul avait fini son autopsie et devait s'étonner de ne pas recevoir le coup de téléphone habituel du commissaire, qui avait rarement la patience d'attendre son rapport écrit. Là-haut aussi, à l'Identité Judiciaire, on travaillait sur les indices relevés le matin.

Torrence, Lucas, dix inspecteurs peut-être suivaient la routine et, dans les bureaux du Quai des Orfèvres, on était en train d'interroger Carlotta et d'autres témoins mineurs.

Maigret aurait pu interrompre l'interrogatoire pour aller aux nouvelles et Lapointe lui-même, toujours penché sur son bloc de sténo, s'étonnait de le voir écouter avec patience, sans rien contrôler, sans chercher à mettre Josset dans l'embarras.

Les questions qu'il posait étaient rarement techniques et certaines semblaient n'avoir qu'un rapport lointain avec les événements de la nuit.

— Dites-moi, monsieur Josset, je suppose que, avenue Marceau ou dans vos laboratoires de Saint-Mandé, il est parfois nécessaire de mettre un employé ou une ouvrière à la porte ?

— Cela arrive dans toutes les affaires.

— Vous en chargez-vous en personne ?

— Non... J'en laisse le soin à M. Jules...

— Avez-vous eu, à l'occasion, des difficultés d'ordre commercial ?

— C'est inévitable aussi... Il y a trois ans, par exemple, on a prétendu qu'un de nos produits n'était pas absolument pur et que, par le fait, il avait provoqué des acccidents...

— Qui s'en est occupé ?

— M. Jules.

— A ce que j'ai compris, il est chef du personnel et non directeur commercial... Il semblerait donc...

Maigret s'interrompait, ajoutait après un temps de réflexion :

— Vous répugnez à dire aux gens des choses désagréables, n'est-ce pas ? Je remarque que, rue Caulaincourt, mis en présence de M. Duché, vous lui avez promis n'importe quoi, de divorcer, d'épouser sa fille, plutôt que d'avoir une explication franche.

» Découvrant votre femme morte, vous avez évité de vous en approcher et vous n'avez même pas fait de la lumière. Votre première idée a été de partir...

Josset tenait la tête basse.

— C'est vrai... J'ai été pris de panique, je ne trouve pas d'autre mot...

— Vous êtes monté en taxi près de l'église d'Auteuil ?

— Oui. Une 403 grise dont le chauffeur a l'accent du Midi...

— Vous vous êtes fait conduire avenue Marceau ?

— Oui.

— Quelle heure était-il ?

— Je ne sais pas.

— Vous avez dû passer devant plusieurs horloges lumineuses. Votre intention était de prendre un avion. Vous voyagez souvent en avion. Vous connaissez donc les horaires d'un certain nombre de lignes. L'heure avait pour vous une grande importance...

— Je me rends compte de tout cela, mais je ne trouve pas d'explication. Les choses ne se passent pas comme, de sang-froid, on se figure qu'elles devraient se passer.

— Vous avez gardé le taxi, avenue Marceau ?

— Je ne voulais pas attirer l'attention. J'ai payé la course et j'ai traversé le trottoir. Un moment, en fouillant mes poches, j'ai cru que j'avais oublié ma clef.

— Cela vous a fait peur ?

— Non. J'avais l'intention de partir, mais j'étais fataliste. J'ai d'ailleurs retrouvé la clef dans une poche où je n'ai pas l'habitude de la mettre. Je suis entré.

— Vous ne risquiez pas d'éveiller le concierge ?

— Dans ce cas, je lui aurais dit que j'avais besoin de certains papiers pour un voyage d'affaires décidé à la dernière minute. Cela ne me préoccupait pas.

— Il vous a entendu ?

— Non. Je suis monté dans mon bureau. J'ai ouvert le coffre, pris les quatre cent cinquante mille francs qu'il contenait et me suis demandé où les cacher, pour le cas où on me fouillerait à la douane. Je n'y ai pas attaché beaucoup d'importance, car on ne m'a jamais fouillé... Assis à ma place habituelle, je suis resté une dizaine de minutes immobile, à regarder autour de moi.

— C'est alors que vous avez décidé de ne pas partir ?

— Je me sentais trop fatigué. Je n'avais plus le courage...

— Le courage de quoi ?

— D'aller jusqu'à Orly, de prendre un billet, d'attendre, de montrer mon passeport, d'avoir peur...

— Peur d'être arrêté ?

— D'être questionné. Je pensais toujours à Carlotta qui était peut-être descendue. Même à ma descente d'avion sur un aéroport étranger je risquais encore d'être interrogé. Au mieux, c'était une nouvelle vie à commencer, sans personne...

— Vous avez remis l'argent dans le coffre ?

— Oui.

— Qu'avez-vous fait ensuite ?

— La valise m'embarrassait. J'avais envie de boire. C'était une idée fixe. J'étais persuadé qu'un peu d'alcool, alors qu'il m'avait si mal réussi auparavant, me rendrait mon sang-froid. J'ai dû marcher jusqu'à l'Etoile pour trouver un autre taxi. J'ai dit :

» — Arrêtez-vous d'abord devant un bar...

» La voiture n'a eu que deux cents mètres à parcourir. J'y ai laissé la valise et suis entré, sans faire attention, dans un établissement où se déroulait un spectacle de strip-tease. J'ai refusé de suivre le maître d'hôtel à une table. Accoudé au bar, j'ai commandé du whisky. Une entraîneuse m'a demandé de lui offrir à boire et, pour avoir la paix, j'ai fait signe de la servir.

» Une autre femme, sur la piste, retirait des dessous noirs et découvrait progressivement une peau très blanche.

» J'ai bu deux verres. J'ai payé. Je suis sorti et j'ai retrouvé mon taxi.

» — A quelle gare ? m'a demandé le chauffeur.

» — A Auteuil... Prenez par la rue Chardon-Lagache. Je vous arrêterai...

» Ma valise me donnait un complexe de culpabilité. J'ai fait arrêter le taxi à cent cinquante mètres de chez moi et me suis assuré, avant d'entrer, qu'il n'y avait pas de lumière dans la maison. Je n'ai entendu aucun bruit. Je n'ai allumé que les lampes indispensables et j'ai remis en place les bijoux de ma femme ainsi que mes vêtements et mes objets de toilette. Je suppose qu'on retrouvera mes empreintes digitales sur la coiffeuse et sur les bijoux, si, ce n'est déjà fait.

— Vous êtes donc entré à nouveau dans la chambre ?

— Il le fallait.

— Vous n'avez pas regardé ?

— Non.

— Vous n'aviez toujours pas l'idée de téléphoner à la police ?

— Je me donnais de nouveaux délais...

— Qu'avez-vous fait ensuite ?

— Je suis sorti et j'ai marché dans les rues.

— Dans quelle direction ?

Josset hésitait et Maigret, qui l'observait, fronça les sourcils, insista avec une certaine impatience :

— Il s'agit d'un quartier qui vous est familier, que vous habitez depuis quinze ans. Même préoccupé, ou bouleversé, vous avez dû reconnaître certains des endroits par lesquels vous passiez...

— J'ai un souvenir précis du pont Mirabeau, où je me suis retrouvé sans trop savoir comment j'y étais venu.

— Vous l'avez franchi ?

— Pas entièrement. Je me suis accoudé au parapet, vers le milieu, et j'ai regardé couler la Seine...

— A quoi pensiez-vous ?

— Que j'allais vraisemblablement être arrêté et que, pendant des semaines, sinon des mois, je me débattrais au milieu de complications harassantes et pénibles...

— Vous êtes revenu sur vos pas ?

— Oui. J'aurais aimé boire encore un verre avant de me rendre au commissariat, mais rien n'était ouvert dans le quartier. J'ai failli prendre un taxi, une fois de plus.

— Annette Duché a le téléphone ?

— Je le lui ai fait installer.

— A aucun moment, vous n'avez été tenté de l'appeler pour la mettre au courant ?

Il réfléchit.

— Peut-être. Je ne sais plus. En tout cas, je ne l'ai pas fait.

— Vous ne vous êtes pas demandé une seule fois qui avait pu tuer votre femme ?

— J'ai surtout pensé que c'était moi qu'on accuserait.

— D'après le rapport que j'ai sous les yeux, vous vous êtes présenté à trois heures trente au commissariat d'Auteuil, à l'angle du boulevard Exelmans et de la rue Chardon-Lagache. Vous avez remis votre carte au brigadier de service et vous avez demandé à parler au commissaire en personne. On vous a répondu que c'était impossible à pareille heure et on vous a conduit dans le bureau de l'inspecteur Jeannet.

— Il ne m'a pas dit son nom.

— L'inspecteur vous a d'abord brièvement interrogé et, quand vous lui avez remis votre clef, a envoyé un car rue Lopert... J'ai ici les déclarations plus détaillées que vous avez faites ensuite... Je ne les ai pas lues... Elles sont exactes ?

— Je suppose... Il faisait très chaud dans le bureau... Je me sentais soudain engourdi et j'aurais voulu dormir... La façon tantôt brutale, tantôt ironique, dont l'inspecteur posait ses questions m'irritait...

— Il paraît que vous avez effectivement dormi pendant deux heures.

— J'ignorais pendant combien de temps.

— Vous n'avez rien à ajouter ?

— Je ne vois pas... Peut-être, plus tard, certaines choses me reviendront-elles ?... Je suis épuisé... Il me semble que tout est contre moi, que je ne parviendrai jamais à établir la vérité... Je n'ai pas tué Christine... Je me suis toujours efforcé de ne pas faire de peine à qui que ce soit... Vous me croyez ?

— Je n'ai pas d'opinion... Tu veux aller taper le procès-verbal, Lapointe ?

Et, à Josset :

— Vous en avez pour un bon moment... Quand on vous apportera le texte dactylographié, lisez-le et signez...

Il passa dans le bureau voisin, envoya Janvier tenir compagnie à Josset à sa place.

La séance avait duré trois heures.

Comme il se taisait en regardant mollement les lumières du boulevard Voltaire, Maigret entendit sa femme qui toussotait, se tourna vers elle, la vit lui adresser un signe discret.

Elle lui rappelait l'heure. Il était plus tard que d'habitude. Alice disait bonsoir à sa mère, car son mari et elle devaient rentrer à Maisons-Alfort où ils habitaient. Pardon embrassa sa fille au front.

— Bonne nuit !

Juste au moment où le jeune couple atteignait la porte, la sonnerie du téléphone retentissait, plus stridente que d'habitude, aurait-on juré. Mme Pardon regardait son mari, qui se dirigeait lentement vers l'appareil.

— Docteur Pardon...

C'était Mme Kruger, dont la voix n'était plus si haut perchée, ni si vibrante que tout à l'heure. A peine, maintenant, à distance, entendait-on un murmure dans l'appareil.

— Mais non, lui disait doucement Pardon. Vous n'avez aucun reproche à vous adresser... Ce n'est pas votre faute, je vous assure... Les enfants sont debout ?... Vous n'avez pas une voisine à qui les confier ?... Ecoutez, je serai chez vous d'ici une demi-heure au plus tard...

Il écouta encore un moment, murmurant parfois quelques mots.

— Mais oui... Mais oui... Vous avez fait tout ce que vous avez pu... Je m'en occuperai... Oui... Oui... A tout de suite...

Il raccrocha et poussa un soupir. Maigret s'était levé. Mme Maigret avait enveloppé son travail de couture et endossait son manteau de demi-saison.

— Il est mort ?

— Voici quelques minutes... Il est urgent que j'aille là-bas... C'est elle qui va avoir besoin de soins...

Ils descendirent ensemble. La voiture du médecin était au bord du trottoir.

— Vous ne voulez pas que je vous dépose ?

— Merci... Nous préférons marcher un peu...

Cela faisait partie de la tradition. Mme Maigret prenait automatiquement le bras de son mari et, sur le trottoir désert, ils cheminaient lentement dans le calme de la nuit.

— C'est l'affaire Josset que tu lui racontais ?

— Oui.

— Tu as eu le temps d'aller jusqu'au bout ?

— Non. Je lui reparlerai une autre fois.

— Tu as fait tout ce que tu as pu...

— Comme Pardon ce soir... Comme la femme du tailleur...

Elle lui serra le bras plus fort.

— Ce n'est pas ta faute...

— Je sais...

Il y avait ainsi quelques affaires dont il n'aimait pas se souvenir et, paradoxalement, c'étaient celles qu'il avait prises le plus à cœur.

Pour Pardon, le tailleur juif de la rue Popincourt n'avait d'abord été qu'un inconnu, un malade comme les autres. Désormais, à cause d'une voix criarde dans le téléphone, d'une décision prise à la fin d'un dîner familial, de quelques mots prononcés avec lassitude, Maigret était persuadé que son ami ne l'oublierait plus.

Josset aussi, pendant un temps, avait tenu une place importante dans les préoccupations du commissaire.

Tandis que Lapointe tapait les phrases sténographiées, que des téléphones sonnaient un peu partout dans les bureaux, que journalistes et photographes s'impatientaient, Maigret allait et venait dans les locaux de la P.J., grave, préoccupé, les épaules rondes.

Comme il s'y attendait, il trouva la femme de

chambre espagnole dans un bureau du fond, en tête à tête avec le gros Torrence. C'était une fille d'une trentaine d'années, assez jolie, le regard impertinent mais les lèvres minces et dures.

Maigret l'examina un moment des pieds à la tête, se tourna vers Torrence.

— Qu'est-ce qu'elle dit ?

— Elle ne sait rien. Elle dormait quand elle a été éveillée par la police d'Auteuil, qui menait grand bruit au premier étage.

— A quelle heure sa patronne est-elle rentrée ?

— Elle l'ignore.

— Elle n'était pas dans la maison ?

— J'avais la permission de sortir, intervint la jeune femme.

On ne le lui demandait pas, mais cela l'irritait de voir le peu de cas qu'on faisait d'elle.

— Elle avait rendez-vous avec un amoureux au bord de la Seine, expliquait Torrence.

— A quelle heure ?

— A huit heures et demie.

— Quand est-elle rentrée ?

— A onze heures du soir.

— Elle n'a pas vu de lumière dans la maison ?

— Elle prétend que non.

— Je ne prétends pas. Je dis !

Elle avait gardé un fort accent.

— Vous êtes passée par la grande pièce du rez-de-chaussée ? lui demanda Maigret.

— Non. Je suis entrée par la porte de service.

— Il y avait des voitures devant la maison ?

— J'ai remarqué celle de madame.

— Et celle de votre patron ?

— Je n'ai pas fait attention.

— Vous n'aviez pas l'habitude, en rentrant, d'aller vous assurer qu'on n'avait besoin de rien ?

— Non. Le soir, je ne m'occupais pas de leurs allées et venues.

— Vous n'avez pas entendu de bruits ?

— Je l'aurais dit.

— Vous vous êtes endormie tout de suite ?

— Le temps de faire ma toilette.

Maigret grommela à l'adresse de Torrence :

— Convoquez son amoureux. Vérifiez.

Le regard lourd de dépit de Carlotta le suivit jusqu'à la porte.

Dans le bureau des inspecteurs, il décrocha un des appareils.

— Passez-moi le Dr Paul, voulez-vous ? Il est peut-être encore à l'Institut médico-légal... Sinon, appelez-le chez lui...

Il dut attendre plusieurs minutes.

— Ici, Maigret... Vous avez des nouvelles ?...

Il prenait machinalement des notes, dont il n'avait que faire puisqu'il recevrait le rapport complet un peu plus tard.

La blessure à la gorge avait été une des premières infligées et avait suffi à provoquer la mort dans un délai d'une minute au maximum. L'assassin avait donc continué à porter des coups rageurs à un cadavre déjà vidé de son sang...

Ce sang comportait un coefficient d'alcool qui indiquait, d'après le médecin légiste, que Christine Josset était ivre au moment où elle avait été attaquée.

Elle n'avait pas dîné. L'estomac ne contenait pas d'aliments en cours de digestion.

L'état du foie, enfin, révélait des troubles hépatiques assez graves.

Quant à l'heure de la mort, le Dr Paul, hésitant, la situait entre dix heures du soir et une heure du matin.

— Il vous est impossible d'être plus précis ?

— Pour le moment. Un dernier détail qui vous intéressera peut-être. La femme a eu des rapports sexuels quelques heures au plus avant sa mort.

— Est-il possible que ce soit une demi-heure avant ?

— Ce n'est pas impossible.

— Dix minutes ?

— Scientifiquement, je suis incapable de répondre.

— Je vous remercie, docteur.

— Qu'est-ce qu'il dit ?

— Qui ?

— Le mari.

— Qu'il est innocent.

— Vous le croyez ?

— Je ne sais pas.

Un autre appareil sonnait. Un inspecteur faisait signe à Maigret que c'était pour lui.

— C'est vous, commissaire ? Ici, Coméliau. L'interrogatoire est terminé ?

— Il y a quelques instants.

— Je voudrais vous voir.

— Je viens.

Il allait quitter la pièce quand Bonfils entra, l'air excité.

— J'allais justement frapper chez vous, patron... Je viens de là-bas... J'ai passé deux heures avec Mme Siran, à la questionner et à refaire une inspection minutieuse de la maison... J'ai du nouveau...

— Quoi ?

— Josset a avoué ?

— Non.

— Il ne vous a pas parlé du poignard ?

— Quel poignard ?

— Nous étions occupés à examiner la chambre de Josset, Mme Siran et moi, quand je l'ai vue chercher quelque chose, l'air surpris... Cela a été difficile de la décider à parler, car je crois qu'elle préférait son patron à sa patronne, de qui elle n'avait pas une très haute idée... Elle a fini par murmurer :

» — Le poignard allemand...

» Il s'agit d'un de ces couteaux de commando que certains conservent comme souvenir de guerre...

Maigret parut surpris.

— Josset a fait la guerre dans un commando ?

— Non. Il ne l'a pas faite du tout. Il était réformé. C'est quelqu'un de son bureau, un certain M. Jules, qui l'a rapporté et le lui a donné.

— Qu'est-ce que Josset en faisait ?

— Rien. L'arme était posée sur un petit bureau, dans la chambre, et sans doute servait-elle de coupe-papier... Elle a disparu.

— Depuis longtemps ?

— Depuis ce matin... Mme Siran est formelle... C'est elle qui fait la chambre de son patron, tandis que l'Espagnole s'occupe de la chambre et des effets de Mme Josset...

— Vous avez cherché partout ?

— J'ai fouillé la maison de fond en comble, y compris la cave et le grenier.

Maigret faillit rentrer dans son bureau, poser la question à Josset. S'il ne le fit pas, c'est que le juge d'instruction l'attendait, et Coméliau n'était pas commode, ensuite qu'il avait besoin de réfléchir.

Il franchit la porte vitrée séparant la P.J. du Palais de Justice, parcourut un certain nombre de couloirs avant de frapper à la porte du cabinet qu'il connaissait bien.

— Asseyez-vous, Maigret.

Les journaux de l'après-midi s'étalaient sur le bureau, avec leurs gros titres et leurs photographies.

— Vous avez lu ?

— Oui.

— Il nie quand même ?

— Oui.

— Il admet cependant que la scène de la rue Caulaincourt a eu lieu hier soir, quelques heures avant l'assassinat de sa femme ?

— Il m'en avait parlé de son propre chef.

— Je suppose qu'il prétend que c'est une coïncidence ?

Comme d'habitude, Coméliau s'emportait, les moustaches frémissantes.

— A huit heures du soir, un père le trouve avec sa fille de vingt ans, dont Josset a fait sa maîtresse... Les deux hommes s'affrontent et le père exige réparation...

Maigret soupira avec lassitude :

— Josset lui a promis de divorcer.

— Et d'épouser la fille ?

— Oui.

— Pour cela, il fallait donc, avant tout, qu'il renonce à sa fortune et à sa situation.

— Ce n'est pas tout à fait exact. Depuis quelques années, Josset était, pour un tiers, propriétaire de l'affaire de produits pharmaceutiques.

— Vous croyez que sa femme aurait consenti au divorce ?

— Je ne crois rien, monsieur le juge.

— Où est-il ?

— Dans mon bureau. Un de mes inspecteurs est occupé à taper le procès-verbal de l'interrogatoire. Josset va le lire, le signer...

— Et ensuite ? Que comptez-vous faire de lui ?

Coméliau sentait de la réticence chez le commissaire, et cela le mettait hors de lui.

— Je prévois que vous allez me demander de le laisser en liberté, me proposer de le faire surveiller par vos inspecteurs dans l'espoir qu'il se trahira d'une façon ou d'une autre...

— Non.

Cela déroutait le magistrat.

— Vous le supposez coupable ?

— Je ne sais pas.
— Ecoutez, Maigret... Si une affaire a jamais paru claire, c'est celle-ci... Quatre ou cinq de mes amis, qui connaissent bien Josset et sa femme, m'ont téléphoné...
— Ils sont contre ?
— Ils l'ont toujours pris pour ce qu'il vaut.
— C'est-à-dire ?
— Un ambitieux pas très scrupuleux qui a profité de la passion de Christine... Seulement, quand elle a commencé à vieillir et à se faner, il a éprouvé le besoin d'une maîtresse plus jeune et n'a pas hésité...
— Je vous enverrai le procès-verbal dès qu'il sera terminé.
— Et d'ici là ?
— Je garde Josset dans mon bureau. Vous déciderez.
— On ne comprendrait pas que je le remette en liberté, Maigret.
— C'est probable.
— Personne, vous entendez, personne ne croira à son innocence. Je veux bien lire votre document avant de signer le mandat de dépôt, mais considérez dès à présent que ma décision est prise...
Il n'aimait pas voir cette tête-là au commissaire. Il le rappela.
— Vous avez un argument en sa faveur ?
Maigret évita de répondre. Il n'en avait pas. Sinon que Josset lui avait dit qu'il n'avait pas tué sa femme.
Peut-être aussi tout cela était-il trop facile, trop évident ?
Il regagna son bureau, où Janvier lui désigna l'homme qui était endormi sur sa chaise.
— Tu peux aller. Dis à Lapointe que je suis de retour.

Maigret s'installa à sa place, tripota ses pipes, en choisit une qu'il allumait quand Josset ouvrit les yeux et le regarda en silence.

— Vous aimeriez continuer à dormir ?

— Non. Je vous demande pardon. Il y a longtemps que vous êtes ici ?

— Quelques instants.

— Vous avez vu le juge d'instruction ?

— Je viens de chez lui.

— On m'arrête ?

— Je le pense.

— C'était inévitable, non ?

— Vous connaissez un bon avocat ?

— J'en compte plusieurs parmi mes amis. Je me demande si je ne préférerais pas quelqu'un qui me soit totalement étranger.

— Dites-moi, Josset...

Celui-ci tressaillit, sentant qu'il y avait quelque chose de désagréable au bout de ces simples mots.

— Oui ?

— Où avez-vous caché le couteau ?

Il y eut une brève hésitation.

— J'ai eu tort... J'aurais dû vous en parler...

— Vous êtes allé le jeter dans la Seine du pont Mirabeau, n'est-il pas vrai ?

— On l'a retrouvé ?

— Pas encore. Demain matin, des scaphandriers le chercheront et finiront bien par mettre la main dessus.

L'homme se taisait.

— Vous avez tué Christine ?

— Non.

— Néanmoins, vous avez pris la peine d'aller jusqu'au pont Mirabeau pour jeter votre couteau dans la Seine.

— Personne ne me croira, pas même vous.

Le « pas même vous » était un hommage à Maigret.

— Dites-moi la vérité.

— C'est quand je suis rentré pour remettre ma valise en place... Dans ma chambre, j'ai vu le poignard...

— Il portait des taches de sang ?

— Non. A ce moment-là, je pensais à ce que j'allais dire à la police. Je me rendais déjà compte que mon histoire paraîtrait invraisemblable... J'avais beau ne pas regarder le cadavre, le peu que j'en avais vu n'évoquait pas moins l'idée d'un couteau...

» En apercevant le mien, en évidence sur mon bureau, je me suis dit que la police ferait tout de suite le rapprochement...

— Puisqu'il n'y avait pas de sang dessus !

— Si j'avais tué et s'il y en avait eu, n'aurais-je pas pris soin de nettoyer l'arme ? Je n'ai pas réfléchi davantage que quand j'ai bouclé ma valise avec l'intention de prendre l'avion... La présence du couteau à quelques pas du corps me paraissait accablante et je l'ai emporté... C'est Carlotta qui en a parlé, n'est-ce pas ?... Elle n'a jamais pu me sentir...

— C'est Mme Siran.

— De sa part, cela m'étonne un peu... Mais je dois m'y attendre... Désormais, je suppose que je ne peux plus compter sur personne...

Lapointe entrait dans le bureau, tenant à la main des pages dactylographiées qu'il posa devant son patron. Maigret tendit une copie à Josset, se mit à parcourir la seconde.

— Tu retiendras un scaphandrier pour demain matin... Dès le lever du soleil au pont Mirabeau...

Une heure plus tard, les photographes pouvaient enfin prendre des clichés d'Adrien Josset qui sortait du bureau de Maigret, menottes aux poignets.

A cause des reporters et des photographes, justement, le juge Coméliau avait insisté sur les menottes.

5

Le silence obstiné du Dr Liorant

Certains détails de cette affaire s'étaient gravés plus profondément que d'autres dans la mémoire de Maigret et, après plusieurs années, il retrouvait encore le goût et l'odeur de l'averse de la rue Caulaincourt avec autant d'acuité qu'un souvenir d'enfance.

Il était six heures et demie de l'après-midi et, quand il se mit à pleuvoir, le soleil, déjà rouge au-dessus des toits, ne se cacha pas, le fond du ciel resta incandescent, des fenêtres, par-ci par-là, continuèrent à lancer des flammes tandis qu'un seul nuage gris perle, le centre à peine plus sombre, les bords lumineux, passait au-dessus du quartier avec la légèreté d'un ballon.

Il n'y eut pas de pluie pour tout Paris et Mme Maigret confirma à son mari, le soir, qu'il n'en était pas tombé boulevard Richard-Lenoir.

Les gouttes étaient plus transparentes, comme plus fluides qu'à l'ordinaire et, au début, elles dessinaient de grands cercles noirs sur le pavé poussiéreux où elles s'écrasaient une à une.

En levant la tête, le commissaire voyait quatre pots de géraniums sur l'appui d'une fenêtre ouverte et il reçut sur la paupière une goutte de pluie si grosse qu'elle lui fit presque mal.

La fenêtre ouverte lui fit croire qu'Annette était déjà rentrée et il pénétra dans l'immeuble, passa devant la loge, chercha en vain l'ascenseur. Il allait s'engager dans l'escalier quand une porte s'ouvrit derrière lui. Une voix peu amène l'interpella.

— Où allez-vous ?

Il se trouvait face à face avec la concierge, qui ne ressemblait pas à l'idée qu'il s'en était faite d'après le récit de Josset. Il l'avait imaginée d'un certain âge, mal soignée. Or, c'était une accorte femme d'une trentaine d'années, à la chair appétissante.

Seule la voix détonnait, vulgaire, agressive.

— Chez Mlle Duché, répondit-il poliment.

— Elle n'est pas rentrée.

Plus tard, il devait se souvenir aussi qu'à ce moment précis il se demanda pourquoi certaines gens se montrent désagréables a priori, sans raison apparente.

— Je pense que c'est à peu près son heure, n'est-ce pas ?

— Elle entre et sort quand il lui plaît.

— C'est vous qui avez téléphoné au journal ?

Elle se tenait dans l'encadrement de la porte vitrée sans l'inviter à entrer.

— Et après ? lançait-elle avec défi.

— Je suis de la police.

— Je sais. Je vous ai reconnu. Vous ne m'impressionnez pas.

— Lorsque M. Duché s'est présenté, hier, pour voir sa fille, il vous a dit son nom ?

— Il est même resté un quart d'heure dans la loge à bavarder.

— Il était donc venu une première fois, quand sa fille n'était pas chez elle ? Dans l'après-midi, je suppose ?

— Vers cinq heures.
— C'est vous qui lui avez écrit, à Fontenay ?
— Si je l'avais fait, j'aurais rempli mon devoir et cela ne regarderait personne. Mais ce n'est pas moi. C'est la tante de la demoiselle.
— Vous connaissez la tante ?
— Nous faisons notre marché dans les mêmes boutiques.
— Vous l'avez mise au courant ?
— Elle s'est bien doutée toute seule de ce qui se passait.
— Elle vous a annoncé qu'elle écrirait ?
— Nous causions.
— Quand M. Duché est arrivé, vous lui avez parlé de M. Josset ?
— J'ai répondu à ses questions et je lui ai conseillé de revenir plus tard, après sept heures.
— Dès le retour de la jeune fille, vous ne l'avez pas avertie ?
— Je ne suis pas payée pour ça.
— M. Duché était fort en colère ?
— Il avait de la peine à y croire, le pauvre homme.
— Vous êtes montée un peu après lui pour savoir ce qui se passait ?
— J'ai porté une lettre au cinquième.
— Vous vous êtes arrêtée sur le palier du quatrième ?
— C'est possible que j'aie soufflé un moment. Qu'est-ce que vous essayez de me faire dire ?
— Vous avez parlé d'une scène violente.
— A qui ?
— Au reporter.
— Les journaux impriment ce qu'ils veulent. Tenez ! La voici, *votre* demoiselle !
Ce n'était pas une jeune fille, mais deux, qui pénétraient dans l'immeuble et se dirigeaient vers l'escalier sans un regard à la concierge et à Mai-

gret. La première était blonde et faisait très jeune. Vêtue d'un tailleur bleu marine, elle était coiffée d'un chapeau clair. La seconde, plus maigre, plus dure, devait avoir dans les trente-cinq ans et marchait comme un homme.

— Je croyais que vous étiez venu pour lui parler.

Maigret contenait sa colère, car cette méchanceté gratuite le heurtait au plus profond de lui-même.

— Je lui parlerai, ne craignez rien. Il est probable que je vous retrouverai aussi.

Il s'en voulut de cette menace qui avait un côté enfantin. Il attendait, pour monter à son tour, d'entendre, là-haut, une porte s'ouvrir et se refermer.

Au troisième, il s'arrêta un instant afin de reprendre sa respiration, frappa un peu plus tard à la porte. Il perçut des chuchotements, puis des pas. Ce ne fut pas Annette, mais sa compagne, qui entrebâilla l'huis.

— Qu'est-ce que c'est ?

— Commissaire Maigret, de la P.J.

— La police, Annette !

Celle-ci devait être dans la chambre, peut-être à retirer son tailleur mouillé de pluie.

— Je viens.

Tout était décevant. Les géraniums étaient bien à leur place, mais c'était le seul détail à correspondre à l'image que le commissaire s'était faite. Le logement était banal, sans une touche personnelle. La fameuse cuisine-salle à manger, où avaient lieu les dînettes, avait des murs d'un gris terne, des meubles comme on en trouve dans les meublés à prix modeste.

Annette ne se changeait pas, se contentait de se donner un coup de peigne. Elle aussi décevait. Elle était fraîche, certes, de la fraîcheur de ses vingt ans, mais banale, avec de gros yeux bleus à fleur de tête. Elle rappelait à Maigret les photographies qu'on voit à la vitrine des photographes de province et il aurait juré qu'à quarante ans ce serait une femme énorme, aux lèvres dures.

— Je m'excuse, mademoiselle...

L'amie se dirigeait à regret vers la porte.

— Je te laisse...

— Pourquoi ? Tu n'es pas de trop.

Et, à Maigret :

— C'est Jeanine, qui travaille aussi avenue Marceau. Elle a eu la gentillesse de m'accompagner. Asseyez-vous, monsieur le commissaire...

Il aurait eu de la peine à dire de quoi il était mécontent. Il en voulait un peu à Josset d'avoir idéalisé cette gamine qui, si elle avait les yeux un peu rouges, ne semblait guère bouleversée.

— On l'a arrêté ? questionnait-elle, en mettant machinalement de l'ordre autour d'elle.

— Le juge d'instruction a signé un mandat de dépôt cet après-midi.

— Comment a-t-il pris ça ?

Et Jeanine de lui conseiller :

— Tu ferais mieux de laisser parler le commissaire.

Il ne s'agissait pas d'un interrogatoire régulier et Coméliau aurait sans doute été furieux en apprenant que Maigret prenait sur lui cette démarche.

— A quelle heure avez-vous été mise au courant du drame ?

— Au moment où nous allions quitter le bureau pour déjeuner. Un des magasiniers a une radio portative. Il a parlé aux autres de ce qui se passait et Jeanine m'a annoncé la nouvelle.

— Vous êtes allée manger comme d'habitude ?

— Qu'est-ce que je pouvais faire ?

— Elle n'avait pas faim, monsieur le commissaire. J'ai été obligée de la remonter. Elle se mettait tout le temps à pleurer.

— Votre père est toujours à Paris ?

— Il est parti ce matin à neuf heures. Il voulait être rentré à Fontenay aujourd'hui, car il n'a pris qu'un congé de deux jours et il reprend demain son travail à la Préfecture.

— Il est descendu à l'hôtel ?

— Oui. Près de la gare. Je ne sais pas lequel.

— Il est encore resté longtemps ici, hier soir ?

— A peu près une heure. Il était fatigué.

— Josset lui a promis de divorcer et de vous épouser ?

Elle rougit, regarda son amie comme pour lui demander conseil.

— C'est Adrien qui vous en a parlé ?

— L'a-t-il fait ?

— Il en a été question.

— Il s'agissait d'une promesse formelle ?

— Je crois.

— Avant cela, espériez-vous qu'il vous épouserait un jour ?

— Je n'y pensais pas.

— Il ne vous parlait pas de l'avenir ?

— Non... Pas d'une façon précise.

— Vous étiez heureuse ?

— Il était très gentil avec moi, très attentionné.

Maigret n'osait pas lui demander si elle l'aimait, par crainte d'une déception supplémentaire, et Annette questionnait :

— Vous croyez qu'il sera condamné ?

— Pensez-vous qu'il a tué sa femme ?

Elle rougit, regarda à nouveau son amie comme pour la consulter.

— Je ne sais pas... C'est ce que la radio a dit, et les journaux...

— Vous le connaissez bien. Le croyez-vous capable d'avoir tué sa femme ?

Au lieu de répondre directement, elle murmura :
— On suspecte quelqu'un d'autre ?
— Votre père s'est montré dur avec lui ?
— Papa était triste, accablé même. Il n'imaginait pas qu'une chose pareille puisse m'arriver. Pour lui, je suis toujours une petite fille...
— Il a menacé Josset ?
— Non. Ce n'est pas l'homme à menacer qui que ce soit. Il lui a seulement demandé ce qu'il comptait faire et, tout de suite, de lui-même, Adrien a parlé de divorce.
— Il n'y a pas eu de dispute, d'éclats de voix ?
— Sûrement pas. J'ignore comment cela s'est fait mais, à la fin, nous avons bu tous les trois une bouteille de champagne. Mon père semblait être rassuré. Il y avait même, dans ses yeux, une lueur de gaieté que je lui ai rarement vue.
— Et après le départ d'Adrien ?
— Nous avons parlé du mariage. Mon père regrettait que la cérémonie ne puisse avoir lieu à Fontenay, en blanc, parce que les gens jaseraient.
— Il a continué à boire ?
— Il a vidé la bouteille, que nous n'avions pas finie avant qu'Adrien s'en aille.
Son amie la surveillait pour l'empêcher d'en dire trop.
— Vous l'avez reconduit à son hôtel ?
— Je le lui ai proposé. Il n'a pas voulu.
— Votre père ne vous a pas paru surexcité, différent de ce qu'il est d'habitude ?
— Non.
— C'est un homme sobre, si je ne me trompe. A Fontenay, l'avez-vous déjà vu boire ?
— Jamais. Seulement à table, un peu de vin coupé d'eau. Quand il était obligé d'aller au café pour rencontrer quelqu'un, il commandait de l'eau minérale.

— Pourtant, il avait bu, hier, avant de vous surprendre.

— Ne réponds pas sans réfléchir, conseillait Jeanine, l'air entendu.

— Qu'est-ce que je dois dire ?

— La vérité, répliquait Maigret.

— Je crois qu'il avait pris un verre ou deux en attendant.

— Ne lui avez-vous pas trouvé l'élocution difficile ?

— Il avait un cheveu sur la langue... Cela m'a frappée... Néanmoins, il savait ce qu'il disait et ce qu'il faisait...

— Vous n'avez pas téléphoné à son hôtel pour vous assurer qu'il était bien rentré ?

— Non. Pourquoi ?

— De son côté, il ne vous a pas téléphoné ce matin afin de vous dire au revoir ?

— Non plus. Nous ne nous téléphonions jamais. Nous n'en avions pas l'habitude. Chez nous, à Fontenay, il n'y a pas le téléphone...

Maigret préféra ne pas insister.

— Je vous remercie, mademoiselle.

— Qu'est-ce qu'il dit ? s'inquiéta-t-elle à nouveau.

— Josset ?

— Oui.

— Il affirme qu'il n'a pas tué sa femme.

— Vous le croyez ?

— Je me le demande.

— Comment est-il ? Il ne manque de rien ? Il n'est pas trop découragé ?

Chaque mot était mal choisi, trop pauvre, hors de proportion avec les événements.

— Il est assez déprimé. Il m'a beaucoup parlé de vous.

— Il n'a pas demandé à me voir ?

— Cela ne dépend plus de moi, mais du juge.

— Il ne vous a pas chargé d'un message ?

— Il ignorait que je viendrais vous voir.

— Je suppose qu'on me convoquera pour m'interroger ?

— C'est probable. Cela aussi dépend du juge d'instruction.

— Je peux continuer à aller au bureau ?

— Je n'y vois aucun empêchement.

Il valait mieux partir. En passant sous la voûte, Maigret entrevit la concierge qui mangeait en face d'un homme en bras de chemise et qui lui lança un coup d'œil ironique.

C'était peut-être l'état d'esprit du commissaire qui lui faisait voir gens et choses sous un jour décevant. Il traversa la rue, entra dans un petit bar d'habitués où quatre hommes jouaient à la belote tandis que deux autres, accoudés au comptoir, bavardaient avec le patron.

Il ne savait que boire, commanda le premier apéritif dont il vit l'étiquette et resta assez longtemps sans rien dire, renfrogné, à la place, à peu près, que le père d'Annette avait dû occuper la veille.

En penchant la tête il découvrait la façade entière de la maison d'en face, les quatre pots de géraniums à une fenêtre. Jeanine, en retrait dans la pénombre, l'avait vu traverser la rue et parlait à son amie invisible.

— Vous avez eu un client, hier, qui est resté longtemps ici, n'est-ce pas ?

Le tenancier prit un journal, le tapota à l'endroit où s'étalait l'article sur l'affaire Josset.

— Vous voulez parler du père ?

Et, tourné vers les autres :

— C'est drôle, j'ai tout de suite flairé quelque chose de pas catholique. D'abord ce n'était pas le genre d'homme à s'accouder pendant plus d'une heure à un comptoir. Il m'a commandé de l'eau minérale et je saisissais déjà la bouteille quand il a changé d'avis.

» — *Au fait, donnez-moi plutôt...*

» Il regardait les bouteilles sans se décider.

» ... *un verre d'alcool... N'importe quoi...*

» C'est rare que quelqu'un commande de l'alcool à l'heure de l'apéritif.

» — *Un marc ?... Un calvados ?...*

» — *Un calvados, si vous voulez...*

» Cela l'a fait tousser. Il était facile de deviner qu'il n'avait pas l'habitude. Il regardait tout le temps la porte d'en face, puis la sortie du métro, un peu plus bas. Deux ou trois fois, j'ai vu ses lèvres remuer comme s'il parlait tout seul.

Le marchand de vin s'interrompit, sourcils froncés.

— Vous n'êtes pas le commissaire Maigret ?

Et, comme celui-ci ne protestait pas :

— Dites donc, vous autres, c'est le fameux commissaire Maigret... Alors, l'espèce de pharmacien a avoué ?... Celui-là aussi, je l'avais repéré, et depuis longtemps... A cause de sa voiture... Il n'y a pas beaucoup de cabriolets de sport dans le quartier...

» C'est le matin, surtout, que je le voyais, quand il venait chercher la petite... Il se rangeait au bord du trottoir, juste devant la porte, et regardait en l'air... La demoiselle agitait la main à la fenêtre et venait le rejoindre quelques instants plus tard...

— Combien de verres de calvados votre client a-t-il bus ?

— Quatre... Chaque fois qu'il en recommandait, il prenait un air honteux, comme s'il craignait de passer pour un ivrogne...

— Il n'est pas revenu, plus tard ?

— Je ne l'ai pas revu... Ce matin, j'ai aperçu la demoiselle qui, après avoir attendu un bon moment sur le trottoir, s'est dirigée, toute seule, vers le métro...

Maigret paya et descendit vers la place Clichy en guettant les taxis, en trouva un de libre au moment où il passait au-dessus du cimetière Montmartre.

— Boulevard Richard-Lenoir...

Il n'y eut rien d'autre ce soir-là. Il dîna en tête à tête avec sa femme à qui il ne parla de rien et qui, connaissant ses humeurs, eut soin de ne pas lui poser de questions.

L'enquête, par ailleurs, suivait son cours, la machine policière était en mouvement et, le lendemain, le commissaire trouverait un certain nombre de rapports sur son bureau.

Il allait, pour cette affaire-là, contre son habitude, sans raison précise, se constituer une sorte de dossier personnel.

Les questions de temps, en particulier, devaient jouer un rôle important, et il s'ingénia à reconstituer, heure par heure, l'enchaînement des événements.

Le crime ayant été découvert le matin, plus exactement vers la fin de la nuit, les quotidiens du matin n'avaient pu en parler et c'était la radio, la première, qui avait annoncé le drame de la rue Lopert.

A l'heure de cette émission, les journalistes stationnaient devant la maison de Josset, à Auteuil, où avait eu lieu la descente du Parquet.

Entre midi et une heure, les premières éditions des journaux de l'après-midi parlaient, encore assez brièvement, de l'événement.

Un seul des quotidiens, alerté par la concierge de la rue Caulaincourt, sortait, dans sa troisième édition, l'histoire de la visite de Duché à sa fille et de sa rencontre avec l'amant d'Annette.

Pendant ce temps, le chef de bureau roulait en

train vers Fontenay-le-Comte et les nouvelles fraîches ne pouvaient l'atteindre.

On retrouva, par la suite, au moins un de ses compagnons de voyage, un marchand de grains des environs de Niort. Les deux hommes ne se connaissaient pas. Au départ de Paris, le compartiment était plein mais, dès Poitiers, il n'y eut plus qu'eux.

— Il m'a semblé que je le connaissais de vue. Incapable de me rappeler où je l'avais rencontré, je lui ai cependant adressé un petit salut discret. Il m'a regardé avec étonnement, comme avec méfiance, et s'est calé dans son coin.

» Il ne paraissait pas dans son assiette. Ses paupières étaient enflammées, comme celles d'un homme qui n'a pas dormi. A Poitiers, il est allé à la buvette chercher une bouteille d'eau de Vichy qu'il a bue avidement.

— Il lisait ?

— Non. Il regardait vaguement défiler le paysage. Parfois, il fermait les yeux et, à certain moment, il s'est endormi... Rentré chez moi, je me suis souvenu tout à coup de l'endroit où je l'avais déjà vu : à la sous-préfecture de Fontenay, où il m'arrive d'aller faire signer des papiers...

Maigret, qui avait entrepris le voyage tout exprès pour rencontrer le marchand de grains, — il s'appelait Lousteau, — s'était efforcé d'en tirer davantage, comme s'il poursuivait une idée qu'il ne voulait pas exprimer.

— Avez-vous remarqué ses vêtements ?

— Je ne pourrais pas vous dire leur couleur ; ils étaient sombres, pas très bien coupés...

— Ils n'étaient pas froissés, comme ceux de quelqu'un qui a passé la nuit dehors ?

— Je n'y ai pas fait attention... Je regardais surtout son visage... Attendez !... Il y avait une gabardine dans le filet, sur sa valise...

Il avait fallu un certain temps pour retrouver l'hôtel où le père d'Annette était descendu, l'*Hôtel de la Reine et de Poitiers,* près de la gare d'Austerlitz.

C'était un établissement de second ordre, mal éclairé et triste, mais décent, fréquenté surtout par des habitués. Martin Duché y était venu à plusieurs reprises. Son avant-dernier séjour datait de deux ans, quand il avait amené sa fille à Paris.

— Il occupait le 53... Il n'a pris aucun repas à l'hôtel... Il est arrivé mardi par le train de 15 h 53 et est sorti presque tout de suite après avoir rempli sa fiche en annonçant qu'il ne resterait qu'une nuit...

— A quelle heure est-il arrivé, le soir ?

Là, on s'était heurté à des difficultés. Le gardien de nuit, qui déployait son lit de camp dans le bureau, était un Tchèque qui parlait à peine le français et qui, par surcroît, avait été interné deux fois à Sainte-Anne. Le nom de Duché ne lui rappelait rien, sa description non plus. Quand on lui parlait du 53, il regardait le tableau de clefs en se grattant la tête.

— Ça va... Ça vient... Ça rentre... Ça sort... murmurait-il d'un air excédé.

— A quelle heure vous êtes-vous couché ?

— Pas avant minuit... Je ferme toujours la porte et je me couche à minuit... Ce sont les ordres...

— Vous ne savez pas si le 53 était rentré ?

Le pauvre homme faisait ce qu'il pouvait, mais ne pouvait pas grand-chose. Il ne travaillait pas encore à l'hôtel deux ans plus tôt quand Duché y était descendu pour la dernière fois.

On lui avait montré une photographie.

— Qui est-ce ? avait-il demandé, anxieux de satisfaire ceux qui le questionnaient.

Maigret, obstiné, avait été jusqu'à rechercher les

deux voisins du 53. L'un habitait Marseille et avait pu être touché par téléphone.

— Je ne sais rien. Je suis rentré à onze heures, et je n'ai rien entendu.

— Vous étiez seul ?

— Bien sûr.

L'homme était marié. Il était venu à Paris sans sa femme. Et, pour celui-là, on avait la certitude qu'il n'avait pas passé la nuit seul.

Quant au 51, un Belge qui n'avait fait que traverser la France, il fut impossible de retrouver sa trace.

Le matin, en tout cas, à huit heures moins le quart, Duché était dans sa chambre et avait sonné pour commander son petit déjeuner. La domestique n'avait rien remarqué d'anormal, sinon que son client avait commandé un triple café.

— Il paraissait fatigué...

C'était vague. Impossible de lui en faire dire davantage. A huit heures et demie, sans avoir pris de bain, Duché descendait et payait sa note à la caissière qui le connaissait.

— Il était comme d'habitude. Je ne l'ai jamais vu gai. Il donnait l'impression d'un homme malade. Il lui arrivait de s'immobiliser comme pour écouter battre son cœur. J'en ai connu un autre, un bon client, qui venait tous les mois. Il avait le même air, le même geste, et un matin il est tombé mort dans l'escalier sans avoir le temps d'appeler...

Duché avait pris son train. Il s'y trouvait encore, face au marchand de grains, à l'heure où Maigret, Quai des Orfèvres, questionnait Josset.

Dans le même temps, le reporter d'un journal du matin, après s'être précipité rue Caulaincourt, appelait par téléphone son correspondant de Fontenay-le-Comte.

La concierge n'avait pas mentionné à Maigret

cette visite du journaliste, à qui elle avait fourni l'identité et l'adresse du père d'Annette.

Ces menus faits s'enchevêtraient et il fallut du temps et de la patience pour en tirer un tableau à peu près logique.

Tandis que le train s'arrêtait, dans l'après-midi, en gare de Fontenay-le-Comte, Martin Duché ne savait toujours rien. Les Fontenaisiens non plus, car la radio n'avait pas encore cité le nom de leur concitoyen et seule la divination aurait pu leur permettre d'établir un rapprochement entre le chef de bureau de la sous-préfecture et le drame de la rue Lopert.

Le correspondant du journal, seul, était au courant. Il avait alerté un photographe. Tous les deux attendaient sur le quai et, quand Duché descendit de wagon, il eut la surprise d'être accueilli par un *flash*.

— Vous permettez, monsieur Duché ?

Il battait des paupières, ahuri, dérouté.

— Je suppose que vous ne connaissez pas encore la nouvelle ?

Le reporter était formel : le chef de bureau avait eu l'air d'un homme qui ne comprend rien à ce qui lui arrive. Sa valise à la main, son imperméable sur le bras, il se dirigeait vers la sortie, tendait son billet au préposé qui le saluait en touchant sa casquette de la main. Le photographe prenait encore un cliché. Le reporter s'accrochait au père d'Annette.

Ils descendaient tous les deux la rue de la République, dans le soleil.

— Mme Josset a été assassinée la nuit dernière...

Le journaliste, qui s'appelait Pecqueur, avait le visage poupin, des joues rebondies et les mêmes yeux bleus à fleur de tête qu'Annette. Ses cheveux étaient roux, sa tenue négligée et il fumait une pipe trop grosse afin de se donner un air important.

Lui aussi, Maigret l'avait questionné, dans l'arrière-salle du *Café de la Poste,* près du billard abandonné.

— Quelle a été sa réaction ?

— Il s'est arrêté de marcher et m'a fixé dans les yeux comme s'il me soupçonnait de lui tendre un piège.

— Pourquoi un piège ?

— Personne, à Fontenay, ne savait encore que sa fille avait une liaison. Il a dû penser que, l'ayant appris, je cherchais à le faire parler.

— Qu'a-t-il dit ?

— Après un moment, il a articulé d'une voix dure :

» — Je ne connais pas Mme Josset.

» Je lui ai annoncé alors que mon journal en parlerait le lendemain et donnerait tous les détails sur l'affaire. J'ai ajouté ce que je venais d'apprendre par téléphone :

» — Déjà un quotidien du soir raconte votre entrevue avec votre fille et Adrien Josset rue Caulaincourt...

Maigret questionnait :

— Vous le connaissiez bien ?

— Comme tout le monde à Fontenay... Pour l'avoir vu à la préfecture et quand il passait dans la rue...

— Il lui arrivait de s'arrêter sur le trottoir ?

— Aux vitrines, sûrement.

— Il était malade ?

— Je l'ignore. Il vivait seul, n'allait pas au café et parlait peu.

— Vous n'avez pas obtenu l'interview que vous espériez ?

— Il a continué de marcher en silence. Je lui posais les questions qui me passaient par la tête :

» — *Vous croyez que Josset a tué sa femme ?*

» — *Est-il vrai qu'il envisageait d'épouser votre fille ?*

» Renfrogné, il ne m'écoutait pas. Deux ou trois fois, il a grommelé :

» — Je n'ai rien à dire.

» — Pourtant, vous avez rencontré Adrien Josset ?

» — Je n'ai rien à dire.

» Nous atteignions le pont. Il a tourné à gauche, sur le quai, où il habite une petite maison de brique qu'une femme de ménage entretient. J'ai pris une photo de la maison, car le journal n'a jamais assez de photographies.

— La femme de ménage l'attendait ?

— Non. Elle ne travaillait pour lui que le matin.

— Qui préparait ses repas ?

— A midi, il avait l'habitude de déjeuner aux *Trois Pigeons*. Le soir, il se faisait lui-même son dîner.

— Et il ne sortait pas ?

— Rarement. Une fois par semaine, pour aller au cinéma.

— Seul ?

— Toujours.

— Personne n'a rien entendu, ce soir-là, ou pendant la nuit ?

— Non. Un cycliste qui passait vers une heure du matin a seulement remarqué une lumière. Le matin, quand la femme de ménage a pris son travail, la lampe brûlait toujours.

Martin Duché ne s'était pas déshabillé, n'avait pas mangé. Il n'y avait aucun désordre dans la maison.

Pourtant autant qu'on pouvait reconstituer ses faits et gestes, il était allé prendre, dans un tiroir de la salle à manger, un album de photographies. Sur les premières pages étaient collés des portraits jaunis de ses parents et de ceux de sa femme, une de lui-même en artilleur, au temps de son service militaire, une photo de son mariage, Annette à quelques mois, sur une peau d'ours, puis à cinq ans, à dix, en première communiante, enfin, dans un groupe scolaire, chez les bonnes sœurs où elle avait fait ses études.

L'album, ouvert à cette page-là, était posé sur un guéridon, devant un fauteuil.

Combien de temps Duché y était-il resté assis avant de prendre sa décision ? Il avait dû gagner sa chambre, au premier étage, pour prendre son revolver dans le tiroir de la table de nuit qu'il avait laissé ouvert.

Il était redescendu, avait repris sa place dans le fauteuil et s'était tiré une balle dans la tête.

Le matin, les journaux annonçaient en lettres grasses :

L'affaire Josset fait une seconde victime

Dans l'esprit des lecteurs, c'était un peu comme si Josset eût tué le père d'Annette de ses propres mains.

On parlait du veuvage du chef de bureau, de sa vie digne et solitaire, de son amour pour sa fille unique, du choc qu'il avait reçu en pénétrant dans le logement de la rue Caulaincourt et en apprenant la liaison d'Annette avec son patron.

Pour Josset, c'était la condamnation presque assurée. Coméliau lui-même, qui aurait dû voir les faits d'un point de vue purement professionnel, était tout excité, au téléphone, en parlant à Maigret.

— Vous avez lu ?

C'était le jeudi matin. Le commissaire, qui venait d'arriver à son bureau, avait lu les journaux sur la plate-forme de l'autobus.

— J'espère que Josset a choisi un avocat, car j'ai l'intention de le faire comparaître ce matin dans mon cabinet et de mener l'affaire tambour battant... Le public ne comprendrait pas que nous laissions traîner les choses...

Cela signifiait que Maigret n'avait plus rien à dire. Le juge d'instruction prenait l'affaire en main et le commissaire, théoriquement, n'agissait désormais que sous ses directives.

Peut-être ne reverrait-il plus Josset, sinon en cour d'assises. Et il ne connaîtrait, des interrogatoires, que ce que le magistrat voudrait bien lui en dire.

Ce n'est pas ce jour-là qu'il alla à Niort et à Fontenay, car Coméliau n'aurait pas manqué de l'apprendre et l'aurait sévèrement rappelé à l'ordre.

Les règlements lui interdisaient la plus innocente démarche en dehors de Paris.

Même son premier coup de téléphone au Dr Liorant, qui habitait la rue Rabelais, à Fontenay-le-Comte, et qu'il avait rencontré jadis dans cette ville, était irrégulier.

— Ici, Maigret... Vous vous souvenez de moi, docteur ?

On lui répondait froidement, prudemment, et il eut tout de suite la puce à l'oreille.

— Je me permets, à titre personnel, de vous demander un renseignement.

— Je vous écoute.

— Je me demande si, par hasard, Martin Duché n'était pas de vos patients.

Un silence.

— Je suppose que ce ne serait pas trahir le secret professionnel...

— Il lui est arrivé de venir me voir.

— Il était atteint d'une maladie grave ?

— Je regrette de ne pouvoir vous répondre.

— Un instant, docteur... Ne m'en veuillez pas d'insister... Il s'agit peut-être de la tête d'un homme... J'ai appris qu'il arrivait à Duché, dans la rue ou ailleurs, de s'arrêter tout à coup de marcher, comme un homme qui souffre d'angine de poitrine...

— C'est un médecin qui vous en a parlé ? Si oui, il a eu tort de le faire.

— Ce n'est pas un médecin.

— Dans ce cas, il s'agit d'une supposition gratuite.

— Vous ne pouvez pas me dire si sa vie était en danger ?

— Je n'ai absolument rien à dire. Je regrette, commissaire, mais une dizaine de patients m'attendent...

Maigret devait le revoir, sans plus de succès, lors de son voyage à Niort et à Fontenay, entre deux trains, en cachette de Coméliau et même du Quai des Orfèvres.

6

Le vieillard aux nuits blanches

Rarement printemps fut aussi radieux et les journaux annonçaient à l'envi des records de chaleur et de sécheresse. Rarement aussi, Quai des Orfèvres, on vit Maigret aussi sombre et aussi susceptible, à tel point que ceux qui n'étaient pas au courant s'informaient avec inquiétude de la santé de sa femme.

Coméliau avait pris l'initiative, appliquant la loi à la lettre, escamotant en quelque sorte Josset, à qui le commissaire n'avait même plus l'occasion d'adresser la parole.

Chaque jour, ou presque, le fabricant de produits pharmaceutiques était amené de la Santé dans le cabinet du magistrat, où l'attendait son avocat, maître Lenain.

C'était un mauvais choix et, s'il en avait eu l'opportunité, Maigret l'eût déconseillé à Josset. Lenain était une des trois ou quatre vedettes du barreau, spécialisé dans les procès d'assises retentissants et, dès qu'il se chargeait d'une cause spectaculaire, il occupait autant de place dans les journaux qu'une vedette de cinéma.

Les reporters attendaient ses déclarations quasi

quotidiennes, ses mots à l'emporte-pièce, plus ou moins féroces, et, à cause de deux ou trois acquittements considérés comme impossibles, on l'appelait l'avocat des causes désespérées.

Après ces interrogatoires, Maigret recevait de Coméliau des ordres inattendus, le plus souvent sans explications : témoins à rechercher, vérifications, besognes d'autant plus fastidieuses qu'elles paraissaient n'avoir qu'un rapport lointain avec le crime de la rue Lopert.

Ce n'était pas par animosité personnelle que le juge agissait de la sorte et, si Coméliau s'était toujours méfié du commissaire et de ses méthodes, cela tenait au fossé qui séparait leurs points de vue.

Cela ne se ramenait-il pas, au fond, à une question de classes sociales ? Le magistrat était resté, dans un monde en évolution, l'homme d'un milieu déterminé. Son grand-père avait présidé la Troisième Chambre, à Paris, et son père siégeait encore au Conseil d'Etat, cependant qu'un de ses oncles représentait la France à Helsinki.

Lui-même avait préparé l'Inspection des Finances et ce n'est qu'après avoir échoué à l'examen qu'il avait choisi la magistrature.

Il était l'homme de son monde, esclave de ses usages, de ses règles de vie, voire de son langage.

On aurait pu croire que ses expériences quotidiennes, au Palais de Justice, lui donneraient une conception différente de l'humanité, mais il n'en était rien et c'était invariablement le point de vue de son milieu qui finissait par l'emporter.

A ses yeux, Josset était le suspect type, sinon le coupable né. N'était-il pas entré, en fraude, à la faveur d'une liaison coupable, puis d'un mariage mal ajusté, dans un milieu qui n'était pas le sien ? Sa liaison avec Annette, sa promesse de l'épouser ne venaient-elles pas confirmer cette opinion ?

Tout au contraire, le père de la jeune fille, Martin Duché, qui s'était suicidé plutôt que d'affronter le déshonneur, était un homme selon le cœur du rigide Coméliau et selon la tradition, le prototype de l'honnête serviteur, modeste, effacé, que rien n'avait pu consoler de la mort de sa femme.

Qu'il se fût laissé aller à boire, le soir de la rue Caulaincourt, Coméliau l'écartait comme sans importance, alors que ce détail en prenait beaucoup aux yeux du commissaire.

Maigret aurait juré que le père d'Annette était malade depuis longtemps, atteint, sans doute, d'un mal incurable.

Et sa dignité n'était-elle pas surtout à base d'orgueil ?

Il était rentré à Fontenay barbouillé, pas fier, au fond, de sa conduite de la veille, et, au lieu de trouver la paix et le silence, il se heurtait, dès le quai de la gare, à un journaliste et à un photographe.

Cela tracassait Maigret, tout comme l'attitude du Dr Liorant. Il se promettait de revenir là-dessus, d'essayer de tirer la question au clair, encore qu'il eût les mains liées.

Ses hommes avaient parcouru des kilomètres dans Paris pour procéder à des vérifications et Maigret avait dressé un emploi du temps de Josset pour la nuit du crime, sans savoir encore que cet emploi du temps jouerait un rôle capital.

Dans son unique interrogatoire au Quai des Orfèvres, Josset avait déclaré qu'après avoir quitté la rue Caulaincourt vers huit heures et demie, il avait roulé au petit bonheur et qu'il avait fait une première halte dans un établissement du quartier de la République.

On avait retrouvé cet établissement, *La bonne Chope,* boulevard du Temple, où un garçon se souvenait de lui. A cause d'un client qui venait chaque jour sur le coup de neuf heures et qui n'était pas arrivé quand Josset était parti, on pouvait fixer son passage boulevard du Temple entre neuf heures moins le quart et neuf heures.

Cela concordait donc.

Au *Select,* avenue des Champs-Elysées, c'était plus facile encore car Jean, le barman, connaissait le fabricant de produits pharmaceutiques depuis des années.

— Il est entré à neuf heures vingt et m'a commandé un whisky.

— C'est ce qu'il buvait d'habitude ?

— Non. C'était plutôt l'homme des quarts champagne. J'ai même tendu la main, en le voyant entrer, vers le seau où il y en a toujours à rafraîchir.

— Rien ne vous a frappé dans son comportement ?

— Il a bu son verre d'un trait, me l'a tendu pour que je le remplisse et, au lieu d'engager la conversation, il regardait fixement devant lui. Je lui ai demandé :

» — Ça ne va pas, monsieur Josset ?

» — Pas fort.

» Il a ajouté quelques mots au sujet d'un plat qu'il ne digérait pas et je lui ai proposé du bicarbonate de soude.

» Il a refusé et a bu un troisième verre avant de partir, l'air toujours aussi préoccupé.

Cela collait encore.

Toujours selon Josset, celui-ci s'était dirigé alors vers la rue Lopert, où il était arrivé à dix heures cinq.

Torrence avait questionné tous les habitants de la rue. La plupart des maisons, à cette heure, avaient leurs volets fermés. Un voisin était rentré chez lui à dix heures et quart et n'avait rien remarqué.

— Y avait-il des voitures en face de la maison des Josset ?

— Je crois que oui. La grosse, en tout cas.

— Et la petite ?

— Je ne pourrais pas dire.

— Vous avez vu de la lumière aux fenêtres ?

— Je crois... Je ne voudrais pas le jurer...

Il n'y avait que le propriétaire de la maison d'en face à être catégorique, si catégorique que Torrence avait répété trois ou quatre fois ses questions et avait noté les réponses mot pour mot.

Il s'agissait d'un certain François Lalinde, administrateur colonial retraité depuis des années, qui était âgé de soixante-seize ans. Mal portant, en proie à de fréquents accès de fièvre, il ne quittait plus la maison où il vivait en compagnie d'une domestique de couleur qu'il avait ramenée d'Afrique et qu'il appelait Julie.

Il affirmait que, selon son habitude, il ne s'était pas couché avant quatre heures du matin et qu'il avait passé la première partie de la nuit dans son fauteuil près de la fenêtre.

Il avait montré ce fauteuil à Torrence, au premier étage, dans une pièce à la fois chambre à coucher, bibliothèque, salon et bric-à-brac, la seule de la maison qu'il occupât réellement et dont il ne sortait pour ainsi dire pas, sinon pour se rendre dans la salle de bains voisine.

C'était un homme impatient, coléreux, qui ne supportait pas la contradiction.

— Vous connaissez vos voisins d'en face ?

— De vue, inspecteur, de vue !

Il avait la manie de ricaner d'un air menaçant.

— Ces gens-là ont choisi de vivre au vu de tout le monde et n'ont même pas la décence d'avoir des volets à leurs fenêtres.

Il laissait entendre qu'il en savait beaucoup plus qu'il ne voulait en dire.

— Une vie de fous !...
— De qui parlez-vous ?
— De tous les deux, la femme aussi bien que l'homme... Les domestiques ne valent pas mieux...
— Vous avez vu Josset rentrer chez lui mardi soir ?
— Comment ne l'aurais-je pas vu, puisque j'étais assis devant la fenêtre ?
— Vous ne faisiez rien, que regarder dans la rue ?
— Je lisais. Chaque bruit me fait sursauter. J'ai le bruit en horreur, surtout le bruit des automobiles...
— Vous avez entendu une voiture s'arrêter devant la maison Josset ?
— Et j'ai sursauté, comme toujours. Je considère le bruit comme une injure personnelle...
— Donc, vous avez entendu l'auto de M. Josset, puis, sans doute, le claquement de la portière ?
— Le claquement aussi, oui, jeune homme !
— Vous avez regardé dehors ?
— J'ai regardé et je l'ai vu qui rentrait chez lui.
— Vous aviez une montre à votre poignet ?
— Non. Il y a une horloge au mur, juste en face de mon fauteuil, comme vous pouvez le contrôler. Elle ne varie pas de plus de trois minutes par mois.
— Quelle heure était-il ?
— Dix heures quarante-cinq.
Torrence, qui avait lu, comme tous les collaborateurs de Maigret, le procès-verbal de l'interrogatoire de Josset, avait insisté.
— Vous êtes sûr qu'il n'était pas dix heures cinq ?
— Certain. Je suis un homme précis. Je l'ai été toute ma vie.
— Il ne vous arrive jamais, le soir ou la nuit, de sommeiller dans votre fauteuil ?
Cette fois, M. Lalinde s'était fâché et le bon Tor-

rence avait eu toutes les peines du monde à le calmer. Le vieillard n'admettait pas la contradiction, et moins encore en ce qui concernait son sommeil que sur tout autre sujet, car il mettait son orgueil à être un homme qui ne dort pas.

— Vous avez reconnu M. Josset ?

— Qui cela aurait-il pu être ?

— Je vous demande si vous l'avez reconnu.

— Bien entendu.

— Vous avez distingué son visage ?

— Le réverbère n'est pas loin et il y avait de la lune.

— A ce moment-là, certaines fenêtres étaient-elles éclairées ?

— Non, monsieur.

— Même dans la chambre de la bonne ?

— Il y avait une demi-heure que la bonne était couchée.

— Comment le savez-vous ?

— Parce que je l'ai vue fermer sa fenêtre et que la lumière s'est éteinte tout de suite après.

— A quelle heure ?

— A dix heures et quart.

— M. Josset a-t-il allumé au rez-de-chausée ?

— Il l'a certainement fait.

— Vous vous souvenez d'avoir vu le rez-de-chaussée s'éclairer après qu'il est entré ?

— Parfaitement.

— Ensuite ?

— Ensuite, il s'est passé ce qui se passe d'habitude. Le rez-de-chaussée est redevenu obscur et les lampes se sont allumées au premier.

— Dans quelle chambre ?

La chambre de Josset et celle de sa femme donnaient toutes les deux sur la rue, celle de Josset à droite, celle de Christine à gauche.

— Dans les deux.

— Vous n'avez rien distingué de ce qui se passait dans la maison ?

— Non. Cela ne m'intéressait pas.

— Vous pouvez voir, à travers les rideaux ?

— Seulement une ombre, quand quelqu'un passe entre les lampes et les fenêtres.

— Vous n'avez pas regardé un seul moment ?

— Je me suis replongé dans ma lecture.

— Jusqu'à quand ?

— Jusqu'à ce que j'entende la porte d'en face s'ouvrir et se refermer.

— A quelle heure ?

— Minuit vingt.

— Vous avez entendu le moteur d'une voiture ?

— Non. L'homme est parti à pied en direction de l'église d'Auteuil, une valise à la main.

— Il n'y avait plus de lumière dans la maison ?

— Non.

Pour cette dernière période, on retombait sur l'emploi du temps de Josset tel qu'il l'avait fourni à Maigret. Et, dès lors, les témoignages abondaient. On avait retrouvé le chauffeur de la 403 qui stationnait devant l'église d'Auteuil, un certain Brugnali.

— Le client m'a chargé à minuit et demi. J'ai noté la course dans mon carnet de bord. Il avait une valise à la main et je l'ai conduit avenue Marceau.

— Comment était-il ?

— Un grand mou, qui sentait l'alcool à plein nez. Je lui avais demandé, à cause de la valise, à quelle gare il voulait aller.

Avenue Marceau, Josset avait payé la course et s'était dirigé vers un gros hôtel particulier qui avait une plaque de cuivre à gauche de la porte.

On avait retrouvé aussi le second taxi, que Josset avait pris en sortant des bureaux.

Le cabaret où il était entré, à une heure et

demie, était une petite boîte qui s'appelait *Le Parc aux Cerfs*. Le pisteur et le barman se souvenaient de lui.

— Il n'a pas voulu de table. Il paraissait surpris de l'endroit où il se trouvait et il a regardé avec un certain ahurissement Ninouche en train de se déshabiller sur la piste... Ninouche passe en fin du premier spectacle, ce qui me permet de fixer l'heure... Il a bu un whisky et en a offert un à Marina, une entraîneuse, sans prêter attention à elle...

Pendant ce temps, le chauffeur de taxi avait une discussion, dehors, avec un autre chauffeur qui, travaillant de mèche avec le pisteur, prétendait l'empêcher de stationner.

— Va te faire payer et j'embarquerai ton client quand il sortira.

L'arrivée de Josset avait mis fin à la dispute et le taxi où sa valise était restée l'avait reconduit rue Lopert. Encore qu'habitué au quartier, le chauffeur avait tourné un moment en rond et Josset avait dû lui indiquer le bon chemin.

— Il était 1 heure 45, peut-être 1 heure 50, quand je l'ai débarqué.

— Comment était-il ?

— Plus mûr qu'à l'aller.

Lalinde, l'ancien administrateur colonial, confirmait ce retour. Les lampes s'étaient allumées une fois de plus.

— Au rez-de-chaussée ?

— Sûrement. Puis au premier.

— Dans les deux chambres ?

— Et dans la salle de bains qui a des vitres dépolies.

— Josset est reparti ?

— A deux heures et demie, après avoir éteint derrière lui.

— Il a pris sa voiture ?

— Non. Et, cette fois, il s'est dirigé vers la rue Chardon-Lagache, un paquet à la main.

— Un paquet de quelle grandeur ?

— Assez grand, plus long que large.

— Trente, quarante centimètres de long ?

— Je dirais quarante.

— Et de large ?

— Mettons vingt.

— Vous ne vous êtes pas couché ?

— Non. J'ai eu le temps, à 3 heures 48 exactement, d'entendre le vacarme d'un car de police et de voir une demi-douzaine d'agents sauter sur le trottoir, puis pénétrer dans la maison.

— Si je comprends bien, de toute la soirée et de toute la nuit, vous n'avez pas quitté votre fauteuil ?

— Seulement à quatre heures et demie, pour me mettre au lit.

— Vous n'avez rien entendu ensuite ?

— Les autos qui allaient et venaient.

Ici encore, les heures correspondaient, puisque Josset était arrivé au commissariat d'Auteuil à trois heures et demie et qu'on avait envoyé le car rue Lopert quelques minutes après, alors qu'il ne faisait que commencer sa déposition.

Maigret avait transmis ce rapport à Coméliau. Le juge, un peu plus tard, l'avait prié de passer à son cabinet, où il se trouvait seul.

— Vous avez lu ?

— Bien entendu.

— Rien ne vous a frappé ?

— Un détail. Je compte vous en parler plus tard.

— Ce qui me frappe, moi, c'est que Josset a dit la vérité sur la plupart des points, ceux qui ne concernent pas le crime proprement dit. Son emploi du temps est exact pour la plus grande partie de la nuit.

» Mais, tandis qu'il prétend être rentré à

10 heures 5 au plus tard, c'est à 10 heures 45 que M. Lalinde l'a vu arriver.

» Il n'était donc pas, à ce moment-là, endormi au rez-de-chaussée, comme il l'affirme.

» Il circulait au premier étage à 10 heures 45 et les lampes étaient allumées *dans les deux chambres*.

» Remarquez que l'heure correspond à celle que le Dr Paul considère comme l'heure probable du crime... Qu'est-ce que vous en dites ?

— Je voudrais faire une simple observation. Selon Torrence, M. Lalinde, pendant tout l'entretien, n'a cessé de fumer des cigares très noirs, des petits cigares italiens qu'on appelle vulgairement des clous de cercueil.

— Je ne vois pas le rapport...

— Je suppose qu'il fume la nuit aussi, dans son fauteuil. Dans ce cas, il est à peu près certain qu'il éprouve le besoin de boire.

— Il pouvait avoir ce qu'il faut à sa portée.

— Sans doute. Il a soixante-seize ans, dit le rapport.

Le juge ne comprenait toujours pas.

— Je me demande, poursuivait Maigret, si, à aucun moment, il n'a éprouvé le besoin de se soulager la vessie... Les vieillards, en général...

— Il affirme n'avoir pas quitté son fauteuil et tout porte à croire que c'est un homme digne de foi...

— Et un homme obstiné, qui tient à avoir raison coûte que coûte...

— Ne connaissant Josset que de vue, il n'avait aucune raison pour...

Maigret aurait pourtant aimé questionner le médecin de M. Lalinde. C'était la seconde fois qu'il avait envie de faire appel à ce genre de témoignage.

— Vous oubliez le secret professionnel...

— Je ne l'oublie pas, hélas !

— Et vous perdez de vue que Josset, lui, a intérêt à mentir...

Le suicide de Duché, à Fontenay-le-Comte, avait définitivement soulevé l'opinion publique contre Adrien Josset. La presse en avait abondamment parlé. On avait publié des photographies d'Annette au moment où, sanglotante, elle prenait le train pour Fontenay.

— *Mon pauvre papa ! Si j'avais su...*

On avait interviewé des employés de la sous-préfecture, des commerçants de Fontenay-le-Comte qui, tous, chantaient les louanges du chef de bureau.

— *Un homme digne, d'une droiture exceptionnelle. Déjà miné de chagrin depuis la mort de sa femme, il n'a pu supporter le déshonneur...*

Aux questions des reporters, maître Lenain répondait, en homme qui prépare une riposte foudroyante :

— Attendez ! L'enquête ne fait que commencer...

— Vous avez des éléments nouveaux ?

— Je les réserve pour mon bon ami le juge Coméliau.

Il annonçait le jour, l'heure des révélations, entretenait la curiosité et quand, selon sa propre expression, il fit éclater la bombe, il y avait tant de reporters et de photographes dans les couloirs du Palais qu'on dut appeler des gardes en renfort.

Le « suspense » dura trois heures, pendant lesquelles quatre hommes restèrent enfermés dans le cabinet du juge d'instruction : Adrien Josset, abondamment photographié à son arrivée, maître Lenain, qui n'avait pas eu moins de succès, Coméliau et son greffier.

Maigret, lui, dans son bureau du Quai des Orfèvres, vaquait à des besognes administratives.

Deux heures après la séance, on lui apportait les journaux qui avaient tous plus ou moins choisi le même titre :

Josset accuse !

Les sous-titres changeaient :

Josset, acculé, passe à l'offensive

Et encore :

La défense tente une manœuvre désespérée

Coméliau, selon son habitude, s'était refusé à toute déclaration et était resté enfermé dans son cabinet.

Lenain, selon son habitude aussi, non seulement avait lu une déclaration écrite aux journalistes, mais avait tenu, dans les couloirs du Palais, que son client venait de quitter entre deux gendarmes, une véritable conférence de presse.

La déclaration était brève.

Jusqu'ici, Adrien Josset, à qui on voudrait imputer le meurtre de sa femme, a gardé chevaleresquement le silence sur la vie privée et le comportement secret de celle-ci.

Au moment où le dossier va être envoyé devant la chambre des mises en accusation, il s'est enfin résigné, sur les instances de son avocat, à soulever un coin du voile et l'enquête prendra, de ce fait, une nouvelle direction.

On découvrira ainsi que plusieurs personnes sont susceptibles d'avoir tué Christine Josset, dont on nous a si peu dit jusqu'à présent, trop occupé qu'on était d'accabler son mari.

Maigret aurait aimé savoir ce qui avait précédé cette décision, être au courant des entretiens qui avaient eu lieu entre les deux hommes, l'avocat et son client, dans la cellule de la Santé.

Cela lui rappelait quelque peu la scène de la rue Caulaincourt. Le père d'Annette était entré et n'avait presque rien dit. Il avait seulement demandé :

— Que comptez-vous faire ?

Tout de suite, Josset, qui s'abritait derrière M. Jules quand il s'agissait de congédier un employé, avait promis de divorcer pour épouser la jeune fille.

Un homme habile et peu scrupuleux comme Lenain ne pouvait-il pas le pousser à dire tout ce qu'il voulait ?

Les reporters, bien entendu, avaient mitraillé l'avocat de questions.

— Voulez-vous dire que Mme Josset avait un amant ?

Le maître du Barreau souriait, mystérieux.

— Non, messieurs. Pas un amant.

— Des amants ?

— Ce serait trop simple et cela n'expliquerait sans doute rien.

On ne comprenait pas. Il savait, lui, où il allait.

— Mme Josset, comme c'était son droit, remarquez-le, avait des *protégés*. Ses amis, ses amies vous le confirmeront et, dans certains milieux, on parlait de ces protégés comme on parle des chevaux de course de tel ou tel propriétaire.

Il expliquait complaisamment :

— Très jeune, elle a épousé un homme fort connu, sir Austin Lowell, qui l'a formée et l'a instruite dans le monde... Le monde des puissants, de ceux qui tirent les ficelles... Au début, elle n'en a été, comme tant d'autres, qu'un ornement...

» Comprenez-moi bien : elle n'était pas Austin

Lowell... Elle était la jolie Mme Lowell, celle qu'il habillait, couvrait de bijoux, exhibait aux courses, aux grandes premières, dans les cabarets et dans les salons...

» Devenue veuve à moins de trente ans, elle a voulu continuer, mais *pour son compte,* si je puis ainsi m'exprimer.

» Elle n'entendait plus être le second élément d'un couple, l'élément accessoire, ornemental, mais le premier.

» C'est pourquoi, au lieu d'épouser un homme de son milieu, comme cela lui était facile, elle est allée chercher Josset derrière le comptoir d'une pharmacie.

» Elle avait besoin de dominer à son tour, besoin, à côté d'elle, de quelqu'un qui lui doive tout, qui soit sa chose.

» Il s'est trouvé, malheureusement, que le jeune aide-pharmacien ait une personnalité plus forte qu'elle ne le pensait.

» Il a si bien réussi dans son affaire de produits pharmaceutiques qu'il est devenu lui-même une personnalité.

» C'est tout. C'est le drame.

» Vieillissante, sentant venir le moment où elle ne recevrait plus les hommages des hommes...

— Pardon, l'interpellait un journaliste. Elle avait déjà des amants ?

— Mettons qu'elle n'a jamais vécu selon la morale bourgeoise. Un jour est venu où, faute de dominer encore son mari, elle a cherché à en dominer d'autres.

» C'est ce que j'ai appelé ses protégés, en employant le mot qu'elle-même avait choisi et que, paraît-il, elle prononçait avec un sourire satisfait.

» Ils ont été nombreux. On en connaît une partie. Il y en a certainement eu d'autres, qu'on ignore, mais que, je l'espère, l'enquête permettra de découvrir.

» C'étaient la plupart du temps des artistes inconnus, peintres, musiciens, chanteurs, qu'elle rencontrait Dieu sait où et qu'elle se mettait en tête de lancer.

» Je pourrais vous citer un chanteur de charme, assez connu aujourd'hui, qui n'a dû son succès qu'à sa rencontre fortuite avec Mme Josset dans un garage où il travaillait comme mécanicien.

» Si certains ont réussi, d'autres se sont révélés sans talent et, après quelques semaines ou quelques mois, elle les a laissés tomber.

» Dois-je ajouter que ces jeunes gens ne se résignaient pas toujours à replonger dans leur obscurité ?

» Elle les avait présentés à ses amis comme de futurs espoirs de la scène, de la peinture ou du cinéma. Elle les avait habillés, logés décemment ; ils avaient vécu dans son intimité, dans son sillage...

» Du jour au lendemain, ils n'étaient plus rien.

— Vous pouvez citer des noms ?

— Je laisse ce soin au juge d'instruction. Je lui ai remis une liste de gens parmi lesquels il y a certainement de braves garçons. Nous n'accusons personne. Nous disons seulement qu'un certain nombre de personnes avaient des raisons d'en vouloir à Christine Josset...

— Quelqu'un en particulier ?

— Il faudra sans doute chercher parmi les derniers en date de ses protégés...

Maigret y avait pensé. L'idée lui était venue, dès le début, de se renseigner sur la vie privée de la victime et sur son entourage.

Jusqu'ici, il s'était heurté à un mur. Et c'était encore, comme dans le cas de Coméliau, une question de classe, presque de caste.

Christine Josset évoluait dans un monde plus limité que le magistrat, une poignée de personnalités dont on lit le nom dans les journaux, dont on relate les faits et gestes, au sujet desquelles on publie des échos fantaisistes mais sur qui, en réalité, le grand public ignore à peu près tout.

Maigret n'était encore qu'inspecteur quand il avait eu une boutade à ce sujet, qu'on répétait souvent aux nouveaux venus du Quai des Orfèvres. Chargé de la surveillance d'un banquier qu'on devait arrêter quelques mois plus tard, il avait dit à son chef d'alors :

— Pour comprendre sa mentalité, il faudrait que j'aie mangé les œufs à la coque ou les croissants du matin avec des financiers...

Chaque classe sociale n'a-t-elle pas son langage, ses tabous, ses indulgences ?

Quand il demandait :

— Que pensez-vous de Mme Josset ?

On lui répondait invariablement :

— Christine ? Quelle femme *adorable*...

Car, dans son milieu, elle était très peu Josset : elle était Christine.

— Une femme curieuse de tout, passionnée, amoureuse de la vie...

— Et son mari ?

— Un brave type...

Ceci dit plus froidement, ce qui indiquait que Josset, malgré sa réussite commerciale, n'avait jamais été complètement adopté par ceux que sa femme fréquentait.

On le tolérait, comme on tolère la maîtresse ou la femme d'un homme célèbre en murmurant :

— Après tout, si c'est son goût...

Coméliau devait être furieux. Il le serait davantage encore quand il aurait lu tous les journaux. Il avait constitué un dossier dont il était satisfait et le moment arrivait où il allait l'envoyer à la chambre des mises en accusation.

Or, toute l'enquête était à recommencer. Il était impossible d'ignorer les accusations de Lenain, qui avait eu soin de leur donner tout le retentissement possible.

Il ne s'agissait plus de questionner des concierges, des chauffeurs de taxi, des voisins de la rue Lopert.

Force était de s'en prendre à un nouveau milieu, d'obtenir des confidences, des noms, de dresser une liste de ces déjà fameux *protégés,* et ce serait vraisemblablement la tâche de Maigret de vérifier leur emploi du temps.

— Josset, objectait un journaliste, prétend s'être endormi au rez-de-chaussée, dans un fauteuil, en rentrant chez lui à 10 heures 5. Un témoin digne de foi, qui habite la maison d'en face, prétend, lui, qu'il n'est rentré qu'à 10 heures 45.

— Un témoin de bonne foi peut se tromper, rétorquait l'avocat. M. Lalinde, puisque c'est de lui qu'il s'agit, a sans doute vu un homme entrer dans la maison à 10 heures 45, alors que mon client était assoupi...

— Ce serait l'assassin ?

— Probablement.

— Il serait passé devant Josset sans le voir ?

— Le rez-de-chaussée n'était pas éclairé. Plus j'y pense et plus je crois qu'au moment du crime il y avait devant la maison non pas deux, mais trois voitures. Je suis allé me rendre compte de la disposition des lieux. Je ne suis pas entré chez M. Lalinde, dont la domestique m'a peu aimablement accueilli. Je prétends néanmoins que, de la fenêtre de ce digne vieillard, on peut apercevoir la Cadillac et une voiture stationnant devant celle-ci, *mais pas une voiture se trouvant derrière.* J'ai demandé qu'on vérifie mon hypothèse. Si j'ai raison, je suis prêt à affirmer qu'il y avait trois voitures...

Mme Maigret, ce soir-là, était surexcitée. Elle avait tenu bon longtemps, mais elle finissait par se passionner pour une affaire dont on lui parlait chez tous ses fournisseurs.

— Tu crois que Lenain a eu raison d'attaquer ?

— Non.

— Josset est innocent ?

Il la regarda avec des yeux flous.

— Il y a cinquante chances sur cent.

— Il sera condamné ?

— C'est probable, surtout maintenant.

— Tu ne peux rien faire ?

Cette fois, il se contenta de hausser les épaules.

7

M. Jules et la présidente

Maigret assistait, impuissant, à un phénomène qu'il avait plusieurs fois observé et qui l'impressionnait encore. Son vieux camarade Lombras, directeur de la police municipale, responsable de la voie publique, des manifestations, des mouvements de foule, prétendait volontiers qu'il arrivait à Paris, comme à un simple particulier, de « dormir du mauvais côté », et de s'éveiller d'humeur agressive, prêt à sauter sur l'occasion de donner libre cours à sa mauvaise humeur.

Il en est un peu ainsi dans les affaires criminelles. Un assassinat de sang-froid, dans des conditions odieuses, peut passer presque inaperçu, l'instruction, puis le procès, se dérouler dans l'indifférence générale, sinon dans un climat de mansuétude.

Puis, sans raison apparente, un crime plutôt banal soulève l'indignation sans qu'il soit possible d'en déterminer la raison.

Il n'y avait pas eu de campagne organisée. Personne, dans la coulisse, comme disent ceux qui se croient informés, n'avait orchestré de campagne contre le pharmacien.

Certes, les journaux avaient beaucoup parlé de

l'affaire et continuaient de le faire, mais les journaux ne font que refléter l'opinion et servir à leurs lecteurs que ce que ceux-ci réclament.

Pourquoi, dès le premier jour, Josset avait-il eu tout le monde contre lui ?

Les vingt-trois coups de couteau y étaient pour quelque chose. Qu'un meurtrier perde la tête et continue à frapper un cadavre, on parle de sauvagerie et, là où les psychiatres verraient plutôt un indice d'irresponsabilité, le gros public voit au contraire une circonstance aggravante.

Des différents personnages en cause, Josset avait été tout de suite le personnage antipathique, le vilain, et, à cela, il y avait peut-être une explication. A travers les comptes rendus des journaux, ceux-là même qui ne l'avaient jamais vu avaient senti que c'était un faible, un mou, et on pardonne difficilement la veulerie.

On ne pardonne pas non plus à quelqu'un de nier ce qui apparaît comme l'évidence et, pour tout le monde, le crime de Josset était évident.

S'il avait avoué, s'il avait plaidé la passion, l'égarement, demandé pardon, dans une attitude contrite, la plupart auraient été enclins à l'indulgence.

Il choisissait au contraire de défier la *logique*, le *bon sens*, et c'était comme un affront à l'intelligence du public.

Dès le mardi, pendant l'interrogatoire, Maigret avait prévu qu'il en serait ainsi. Les réactions de Coméliau constituaient un signe. Les premiers titres et sous-titres des journaux de l'après-midi en avaient été un autre.

Depuis lors, l'antipathie ne faisait que s'accentuer et il était rare d'entendre quelqu'un douter de la culpabilité de Josset ou lui chercher, sinon des excuses, tout au moins des circonstances atténuantes.

Le suicide de Martin Duché avait parachevé le désastre, car l'ex-pharmacien n'était plus seulement considéré comme responsable d'une mort, mais de deux.

Son avocat enfin, maître Lenain, par ses déclarations intempestives et par ses accusations, avait activé le feu.

Il devenait difficile, dans ces conditions, d'interroger utilement des témoins. Les plus honnêtes, en toute bonne foi, avaient tendance à ne se souvenir que de ce qui accablait le prévenu.

Enfin, Josset jouait de malchance. Dans la question du couteau, par exemple. Il avait déclaré avoir jeté celui-ci dans la Seine, du milieu du pont Mirabeau. Dès le mercredi, un scaphandrier avait remué la vase pendant des heures, sous l'œil de centaines de badauds accoudés au parapet, tandis que des photographes et même la télévision opéraient chaque fois que la grosse tête de cuivre émergeait.

De chaque plongée, le scaphandrier revenait les mains vides et, le lendemain, il avait continué les recherches sans plus de résultat.

Pour ceux qui connaissent les fonds de la Seine, ce n'était pas surprenant. Contre les piles du pont, le courant est violent, forme des remous qui peuvent emporter à une distance parfois considérable un objet assez lourd.

A d'autres endroits, la vase est profonde et des détritus de toutes sortes s'y enlisent profondément.

Josset n'avait pas pu indiquer avec précision l'endroit où il s'était accoudé, ce qui était normal, dans l'état de désarroi où il prétendait s'être trouvé.

Pour le public, cela devint une preuve de mensonge. On l'accusait d'avoir, pour des raisons mystérieuses, caché l'arme ailleurs. Il n'était plus seulement question du poignard. M. Lalinde, l'ex-administrateur colonial, dont personne ne mettait la parole en doute et dont il eût été dangereux de parler comme d'un vieillard gâteux, pour le moins original, avait décrit un paquet *assez volumineux*, de dimensions fort supérieures à celles d'un couteau de commando.

Que pouvait contenir ce paquet qu'il emportait après son crime ?

Même une découverte, qui parut un moment en faveur du prisonnier et dont son avocat eut l'imprudence de triompher trop vite, se retourna finalement contre lui.

L'Identité Judiciaire avait relevé un certain nombre d'empreintes digitales dans la maison de la rue Lopert, qu'à cause de son architecture futuriste, on appelait maintenant la maison de verre. Ces empreintes, classées par catégories, avaient été comparées avec celles de Josset, de sa femme, des deux domestiques et d'un employé du gaz qui était venu relever le compteur dans l'après-midi du lundi, quelques heures avant le crime.

Il restait un jeu d'empreintes non identifiées. On en trouvait sur la rampe d'escalier et, plus abondantes, dans la chambre de la victime et dans celle du mari.

C'étaient les empreintes d'un homme au pouce large marqué d'une petite cicatrice ronde et très caractéristique.

Questionnée, Mme Siran affirmait que ni Mme Josset ni son mari n'avaient reçu de visite les derniers jours et qu'aucun étranger, à sa connaissance, n'était monté dans les chambres.

Carlotta, qui restait de service le soir après le départ de la cuisinière, confirmait ses dires.

Dans les journaux, cela devenait :

Bien entendu, maître Lenain menait grand bruit autour de cette découverte, dont il faisait le point de départ d'une piste sérieuse.

Selon lui, le Dr Paul pouvait avoir commis une erreur d'appréciation. Rien n'empêchait, disait l'avocat, le meurtre d'avoir été perpétré peu avant dix heures, c'est-à-dire avant l'arrivée de Josset rue Lopert.

Si même le médecin légiste avait raison, on n'avait pas le droit de rejeter l'hypothèse d'un étranger pénétrant dans la maison pendant que Josset, qui avait beaucoup bu, dormait profondément dans un fauteuil du rez-de-chaussée, où il n'avait pas fait de lumière.

Lenain avait obtenu de tenter une expérience sur les lieux, à la même heure. Il avait pris place dans le fauteuil qu'avait occupé le mari de Christine et on avait prié six personnes non averties de traverser la pièce l'une après l'autre dans l'obscurité pour s'engager sur l'escalier. Deux seulement s'étaient aperçues de sa présence.

A quoi on objectait que la lune n'était pas dans le même quartier la nuit du crime et que le ciel était plus dégagé.

En outre, il restait toujours la déposition Lalinde, qui refusait de changer un seul mot à sa première déclaration.

Ce fut Maigret qui reçut la visite du tapissier. Cet homme venait de lire les journaux et, troublé, il se présentait Quai des Orfèvres pour dire ce qu'il savait. Il avait l'habitude de travailler pour les Josset. C'était lui qui, des années auparavant, avait installé rideaux et tentures. Quelques mois plus tôt, il avait changé certains rideaux, entre autres dans la chambre de Mme Josset qui venait d'être meublée à neuf.

— Les domestiques semblent avoir oublié ma visite, disait-il. Elles ont parlé de l'employé du gaz et pas de moi. Depuis trois jours, je devais passer rue Lopert, car Mme Josset m'avait signalé que les cordons de rideaux de sa chambre avaient pris du jeu. Cela arrive fréquemment. Le lundi, vers trois heures, je me trouvais de passage dans le quartier et j'en ai profité.

— Qui avez-vous vu ?

— Mme Siran m'a ouvert la porte. Elle n'est pas montée avec moi, car elle déteste les escaliers et elle sait que je connais la maison.

— Vous étiez seul ?

— Oui. J'avais laissé mon compagnon sur un autre chantier, avenue de Versailles. Mon travail n'a pris que quelques minutes.

— Vous n'avez pas vu la femme de chambre ?

— Elle est entrée un instant dans la pièce où je travaillais et je lui ai dit bonjour.

Ni l'une ni l'autre des deux femmes ne s'était souvenue du tapissier quand on les avait interrogées.

Maigret conduisit l'homme à l'Identité Judiciaire. On prit ses empreintes digitales qui correspondaient parfaitement aux fameuses empreintes du visiteur mystérieux.

Le lendemain, ce fut Maigret encore qui reçut la lettre anonyme qui allait augmenter l'indignation du public, une feuille de papier écolier arrachée d'un cahier et glissée, pliée en quatre, dans une enveloppe bon marché portant des traces de matière grasse, comme si le message avait été écrit sur une table de cuisine.

Le timbre portait un cachet du XVIIIe arrondissement, le quartier d'Annette Duché.

Le commissaire Maigret, qui se croit si malin, ferait bien d'aller questionner la nommée Hortense Malletier, de la rue Lepic, qui est une sale faiseuse d'anges et à qui la petite Duché a rendu visite il y a trois mois en compagnie de son amant.

Au point où les choses en étaient, le commissaire préféra porter en personne le billet au juge Coméliau.

— Lisez

Le magistrat relut deux fois le texte.

— Vous avez contrôlé ?

— Je n'ai pas voulu agir sans vos instructions.

— Il vaut mieux voir vous-même cette Hortense Malletier. Figure-t-elle dans vos fiches ?

Maigret avait déjà consulté les listes que la police des mœurs tient à jour.

— Elle a été arrêtée une fois, il y a dix ans, mais on n'a rien pu prouver.

La femme Malletier vivait au cinquième étage d'un vieil immeuble, à proximité du Moulin de la Galette. Agée de soixante et quelques années, elle était hydropique et, les pieds dans des pantoufles de feutre, ne se déplaçait qu'à l'aide d'une canne. Il régnait, dans son logement, une odeur écœurante, et dans une grande cage, devant la fenêtre, s'ébattaient dix ou douze canaris.

— Qu'est-ce que la police me veut ? Je n'ai rien fait. Je suis une pauvre vieille qui ne demande plus rien à personne...

Des cheveux gris, devenus rares et laissant voir la peau du crâne, encadraient son visage blafard.

Maigret commença par lui montrer une photographie d'Annette Duché.

— Vous la reconnaissez ?

— Les journaux ont assez publié son portrait !

— Elle est venue chez vous il y a environ trois mois ?

— Qu'est-ce qu'elle serait venue faire chez moi ? Voilà longtemps que je ne tire plus les cartes.

— Vous avez tiré les cartes aussi ?

— Et après ? Chacun gagne sa vie comme il peut.

— Elle se trouvait enceinte et, après vos soins, elle ne l'était plus.

— Qui est-ce qui a inventé ça ? C'est une menterie !

Janvier, qui accompagnait son patron, avait fouillé les tiroirs, sans rien trouver, comme Maigret s'y attendait.

— Il est important que nous sachions la vérité. Elle n'est pas venue ici seule. Un homme l'accompagnait.

— Il y a des années qu'aucun homme n'a mis les pieds dans mon logement.

Elle avait tenu bon. Elle connaissait la musique. La concierge de l'immeuble, interrogée à son tour, prétendait n'avoir vu ni Annette, ni Josset.

— Mme Malletier n'a-t-elle pas l'habitude de recevoir des jeunes femmes ?

— Jadis, quand elle tirait les cartes, il en venait, des jeunes et des vieilles, et même des messieurs qu'on ne s'attendait pas à voir croire à ces choses-là, mais il y a longtemps qu'elle ne fait plus le métier...

Tout cela était prévisible. L'attitude d'Annette, convoquée par Maigret Quai des Orfèvres, le fut moins. Le commissaire commença par une question brutale :

— De combien de mois étiez-vous enceinte lorsque vous avez rendu visite à Mme Malletier, rue Lepic ?

Annette ne savait-elle pas mentir ? Fut-elle prise de court ? Ne se rendit-elle pas compte des conséquences de sa réponse ?

Elle rougit, regarda autour d'elle comme pour chercher de l'aide, eut un coup d'œil inquiet à Lapointe, qui jouait une fois de plus le rôle de sténographe.

— Je suppose que je suis obligée de répondre ?

— C'est préférable.

— De deux mois.

— Qui vous a fourni l'adresse de la rue Lepic ?

Maigret était un peu irrité, sans raison précise, peut-être parce qu'il trouvait qu'elle cédait trop facilement. La concierge, elle, avait joué le jeu. La vieille faiseuse d'anges aussi, bien entendu, qui avait de meilleures raisons pour ça.

— Adrien.

— Vous lui avez annoncé que vous étiez enceinte et il a parlé d'avortement ?

— Cela ne s'est pas passé tout à fait ainsi... J'étais inquiète depuis six semaines et il me demandait sans cesse ce qui me tracassait... Il m'a même accusé une fois de l'aimer moins... Un soir, je lui ai demandé s'il ne connaissait pas une sage-femme ou un médecin qui accepterait...

— Il n'a pas protesté ?

— Il a été très frappé. Il m'a demandé :

» — *Tu es sûre ?*

» J'ai répondu que oui, que cela ne tarderait pas à se voir et qu'il fallait faire quelque chose.

— Il connaissait Mme Malletier ?

— Non. Je ne crois pas. Il m'a priée d'attendre quelques jours et de ne rien tenter jusqu'à ce qu'il prenne une décision.

— Quelle décision ?

— Je ne sais pas.

Josset n'avait pas d'enfant de sa femme. Avait-il été ému à l'idée qu'Annette pourrait lui donner un fils ou une fille ?

Maigret aurait aimé, pour sa propre gouverne, le questionner sur ce point-là comme sur quelques autres, mais ces interrogatoires étaient désormais réservés à Coméliau, qui, lui, ne voyait pas la situation sous le même angle.

— Vous croyez qu'il a été tenté de vous faire garder l'enfant ?

— Je ne sais pas.

— Il vous en a parlé ?

— Pendant une semaine, il a été plus tendre, plein de petites attentions.

— D'habitude, il n'était pas tendre ?

— Il était gentil, amoureux, mais ce n'était pas la même chose.

— Vous ne pensez pas qu'il en a parlé à sa femme ?

Elle eut un haut-le corps.

— A sa femme !

On aurait juré qu'elle avait peur de Christine, même morte.

— Il n'aurait sûrement pas fait ça...

— Pourquoi ?

— Je ne sais pas... Un homme ne va pas dire à sa femme qu'il attend un enfant d'une autre...

— Il la craignait ?

— Il ne se cachait pas d'elle... Quand je lui recommandais d'être prudent, de ne pas nous afficher, par exemple, dans certains restaurants, il m'affirmait qu'elle était au courant et que cela ne lui faisait rien...

— Vous l'avez cru ?

— Pas tout à fait. Il me semble que c'est impossible...

— Il vous est arrivé de rencontrer Christine Josset ?

— Plusieurs fois.

— Où ?

— Au bureau.

— Vous voulez dire dans le bureau de son mari ?

— Oui... J'y travaillais aussi... Quand elle venait avenue Marceau...

— Elle y allait souvent ?

— Deux ou trois fois par mois.

— Pour voir son mari, pour aller le chercher ?

— Non. Surtout pour M. Jules. Elle était présidente du conseil d'administration...

— Elle s'occupait activement de l'affaire ?

— Pas activement... Elle se tenait cependant au courant, se faisait montrer les comptes, expliquer certaines opérations... C'était un aspect de Christine dont personne n'avait encore parlé.

— Je suppose qu'elle vous regardait avec curiosité ?

— Les premiers temps, oui... La toute première fois, après m'avoir examinée de la tête aux pieds, elle a haussé les épaules et laissé tomber du bout des lèvres, à l'adresse de son mari :

» — *Pas mal...*

— Elle savait déjà ?

— Adrien l'avait mise au courant.

— Elle ne vous a jamais parlé en tête à tête ? Vous n'avez pas eu l'impression qu'elle avait peur de vous ?

— De moi ? Pourquoi aurait-elle eu peur ?

— Si son mari lui avait avoué que vous attendiez un enfant...

— Cela aurait été différent, bien sûr. Mais je n'aurais accepté pour rien au monde qu'il lui en parle. Pas seulement à cause d'elle, mais à cause des autres...

— De vos collègues ?

— De tout le monde... Et aussi de mon père...

— Que s'est-il passé au bout d'une semaine ?

— Un matin, au bureau, avant de dépouiller le courrier, il m'a dit très vite, à voix basse :

» — J'ai une adresse... Nous avons rendez-vous ce soir...

» Ce soir-là, à la sortie du bureau, il ne m'a pas reconduite tout de suite rue Caulaincourt. Il a laissé la voiture boulevard de Clichy, par précaution, et nous sommes allés à pied rue Lepic...

— Vous n'avez pas été tentée de changer d'avis ?

— La vieille femme me faisait peur, mais j'étais décidée.

— Et lui ?

— Après quelques instants, il est allé m'attendre sur le trottoir.

Maigret transmit son rapport à Coméliau, comme il y était tenu. Une fuite se produisit-elle dans le cabinet du juge ? Coméliau n'était pas homme à répandre une information de ce genre. Lenain, professionnellement mis au courant, se montra-t-il moins discret ? La publicité sur cette affaire n'était pas dans l'intérêt de son client et, malgré ses maladresses, il ne devait pas avoir commis celle-là.

Plus probablement la personne qui avait écrit la lettre anonyme, dépitée de ne rien voir paraître à ce sujet, s'était-elle adressée aux journaux. Ceux-ci avaient effectué leur propre enquête.

Mme Malletier, qui niait toujours, avait été arrêtée et l'histoire, cette fois encore, s'étalait en première page.

Coméliau avait été obligé d'inculper la jeune fille aussi, mais en lui accordant la liberté provisoire.

Josset accusé d'un second crime
ainsi que sa maîtresse

Si on mettait Annette en cause, c'était pour la plaindre, en plaçant tout le poids des responsabilités sur les épaules de son amant.

De jour en jour on sentait se créer autour de lui un véritable climat de haine. Ceux-là même qui avaient été ses intimes n'en parlaient qu'à contrecœur et préféraient minimiser leurs relations.

— *Je le connaissais comme tout le monde... Mais j'étais surtout l'ami de Christine... Une femme extraordinaire !...*

Extraordinaire de vitalité, certes. Mais après ?

— *Ce n'était pas l'homme qu'il lui aurait fallu...*

Quand on les poussait, ils étaient incapables de dire quel homme il lui aurait fallu. Autant qu'on en pouvait juger, elle était surtout faite pour vivre sa propre vie, dans une indépendance totale.

— *Pendant un temps, cela a été le grand amour... Tout le monde s'est demandé pourquoi, car Josset n'a jamais rien eu d'un Don Juan... En outre, c'est un faible...*

L'idée ne venait à personne que Christine avait pu écraser ce faible-là.

— Elle ne l'aimait plus ?

— *Ils vivaient de plus en plus à part... Surtout depuis qu'il s'était amouraché de cette dactylo...*

— Elle en souffrait ?

— *Il était difficile de savoir au juste ce que Christine ressentait... C'était une personne discrète...*

— Même en ce qui concernait ses amants ?

On regardait Maigret d'un air de reproche, comme s'il ne jouait pas la règle du jeu.

— Elle aimait pousser les jeunes, n'est-ce pas ?

— *Elle fréquentait beaucoup les manifestations artistiques...*

— Elle avait ses poulains, comme on dit ?

— *Il a pu lui arriver d'aider un débutant...*

— Voudriez-vous m'en citer ?

— *C'est difficile... Elle avait le tact de ne pas en faire état... Il lui est arrivé, je m'en souviens, d'aider un jeune peintre, surtout en amenant des amis et les journalistes qu'elle connaissait à sa première exposition...*

— Il s'appelait ?

— *Je ne me rappelle pas son nom... Un Italien, je crois...*

— C'est tout ?

A mesure que les jours passaient, on se heurtait à une résistance de plus en plus organisée.

Maître Lenain, de son côté, après la bombe qu'il avait étourdiment lancée, s'efforçait de dresser une liste des fameux protégés dont il avait proclamé l'existence. Maigret n'ignorait pas qu'il se faisait aider par une agence de police privée dirigée par un de ses anciens inspecteurs. Celui-ci avait les coudées plus franches que la P.J. et n'avait pas sans cesse Coméliau sur le dos.

Malgré cela, il n'arrivait à rien de précis. Il avait téléphoné à Maigret pour lui parler d'un certain Daunard, un ancien chasseur d'hôtel à Deauville qui chantait maintenant à Saint-Germain-des-Prés.

S'il n'était pas encore connu du grand public, il commençait à passer dans les cabarets de la rive droite et il devait débuter bientôt au music-hall, à *Bobino*.

Maigret alla le voir, dans sa chambre d'hôtel de la rue de Ponthieu. C'était un grand garçon musclé, assez fruste, du type agressif de certains jeunes premiers américains.

A deux heures de l'après-midi, il ouvrit sa porte, en pyjama froissé, et, d'une femme qui s'était vivement enroulée dans le drap de lit, on ne voyait que les cheveux blonds.

— Maigret, hein ?

Il s'attendait un jour ou l'autre à cette visite. Allumant une cigarette, il prenait des attitudes de *terreur* de cinéma.

— Je pourrais vous empêcher d'entrer, à moins que vous soyez muni d'un mandat. Vous en avez un ?

— Non.

— Alors, vous deviez me convoquer à votre bureau...

Maigret préféra ne pas discuter de la légalité de sa visite.

— Je vous préviens tout de suite que je n'ai rien à dire.

— Vous connaissiez Christine Josset ?

— Après ? Il existe à Paris des milliers de gens qui la connaissaient.

— Vous l'avez connue intimement ?

— *Primo,* cela ne vous regarde pas. *Deuxio,* en cherchant bien, vous trouveriez quelques douzaines de jeunes hommes qui ont couché avec elle. Et quand je dis douzaines...

— Quand l'avez-vous vue pour la dernière fois ?

— Cela fait bien une année. Et si vous voulez insinuer que c'est elle qui m'a lancé, vous vous trompez. Quand j'étais à Deauville, déjà, le propriétaire d'une cave de Saint-Germain m'avait remarqué et m'avait passé sa carte pour que je vienne le voir à Paris...

La femme, dans le lit, écartait le drap de quelques centimètres et risquait un œil curieux.

— N'aie pas peur, ma choute ! Je n'ai rien à craindre de ces messieurs. Je peux prouver que, la nuit où Mme Christine a été refroidie, je me trouvais peinard à Marseille, même qu'on trouvera mon nom en grosses lettres à l'affiche du Miramar...

— Vous en avez connu d'autres ?

— D'autres quoi ?

— D'autres amis de Mme Josset.

— Vous vous figurez peut-être qu'on formait un club, ou un patronage ? Pourquoi n'aurions-nous pas porté un insigne, hein ?

Il était satisfait de lui. Il épatait sa compagne qui riait, le corps secoué sous le drap.

— C'est tout ce qu'il y a pour votre service ?

Alors, si vous permettez, j'ai mieux à faire... Pas vrai, ma choute ?...

Il y en avait sûrement d'autres, du même genre, ou différents, qui ne tenaient évidemment pas à se faire connaître. Le peintre dont il avait été question vivait maintenant en Bretagne où il peignait des marines et rien n'indiquait qu'il fût venu à Paris à l'époque du crime.

Une enquête d'un genre différent, auprès des chauffeurs de taxi, n'avait rien donné non plus. Il est rare, pourtant, qu'au bout d'un temps plus ou moins long, on ne retrouve pas le chauffeur ayant fait telle course déterminée.

Plusieurs inspecteurs s'étaient partagé les compagnies, les dépôts, les petits propriétaires.

A tous, on avait demandé s'ils n'avaient déposé personne rue Lopert le soir du crime et cela n'avait rien donné. On avait seulement appris ainsi qu'un couple, qui habitait à trois maisons des Josset, était rentré du théâtre en taxi un peu avant minuit.

Ni le chauffeur ni le couple ne se rappelaient s'il y avait de la lumière à cette heure-là dans la maison de verre.

Le fait de la présence du taxi dans la rue à cette heure avait cependant du bon, dans un certain sens, car l'ancien administrateur colonial, qui prétendait que rien ne lui avait échappé des allées et venues, n'avait pas signalé cette voiture-là. Le taxi avait pourtant stationné deux ou trois minutes, sans arrêter le moteur, car le client, qui n'avait pas de monnaie, était entré chez lui pour en prendre.

On avait montré, à des milliers de chauffeurs, en particulier à ceux qui stationnent d'habitude dans le quartier Caulaincourt, une photographie de Martin Duché.

Tous l'avaient déjà vue dans les journaux. D'après Annette, son père l'avait quittée vers neuf heures et demie du soir. Il ne semblait pas être rentré à son hôtel, près de la gare d'Austerlitz, avant minuit, et le gardien de nuit, ensuite, ne se rappelait pas l'avoir vu rentrer du tout.

Qu'est-ce que le chef de bureau de Fontenay-le-Comte avait fait pendant tout ce temps ?

On se trouvait devant le vide total. Aucun chauffeur ne se souvenait de l'avoir chargé, bien que sa silhouette et son visage fussent caractéristiques.

Ne pouvait-il pas avoir été tenté de revoir Josset, de lui demander des explications, de lui faire confirmer sa promesse ?

Annette l'avait admis : il n'était pas tout à fait dans son état normal. Habitué à une sobriété absolue, il avait bu avec excès.

Même si elle s'était terminée assez paisiblement, dans un accord apparent, la scène de la rue Caulaincourt n'en avait pas moins dû l'ébranler.

Toujours est-il qu'aucun taxi ne semblait l'avoir conduit rue Lopert, ni ailleurs.

Dans la station du métro, on ne l'avait pas remarqué davantage, ce qui, étant donné le nombre de voyageurs qui défilent, ne prouvait rien.

Et il restait les autobus où il avait pu passer tout aussi inaperçu.

Etait-ce l'homme à s'introduire subrepticement dans la maison des Josset ? N'aurait-il pas sonné ? Avait-il trouvé la porte ouverte ?

Et comment concevoir que, ne connaissant pas les lieux, il aurait traversé le salon dans l'obscurité, gravi l'escalier pour pénétrer dans la chambre de Christine ?

Le meurtrier, si ce n'était pas le mari, était ganté. Ou bien il avait apporté avec lui une arme assez solide pour infliger les blessures que le Dr Paul avait décrites, ou bien il s'était servi du poignard de commando qui se trouvait dans la chambre d'Adrien.

Qui, en dehors des familiers, pouvait savoir que ce poignard était là ? Il fallait admettre en outre que, son crime commis, l'inconnu avait nettoyé l'arme, sans laisser aucune trace sur des linges, puisque le fabricant de produits pharmaceutiques n'avait pas vu de sang sur le poignard.

Ces contradictions, le public les connaissait, car des journalistes s'ingéniaient à exposer avec minutie toutes les hypothèses imaginables ; l'un d'eux avait même publié sur deux colonnes en regard les arguments pour et les arguments contre.

Maigret s'était rendu une première fois avenue Marceau, dans l'hôtel particulier de la fin du siècle dernier transformé en bureaux.

En dehors des standardistes et d'une petite pièce où les visiteurs remettaient leur carte et remplissaient une fiche, le rez-de-chaussée, aux murs lambrissés et aux plafonds trop chargés, ne comportait que des salles d'exposition.

Dans des vitrines, les produits Josset et Virieu étaient alignés et on voyait aussi, luxueusement encadrés, des diagrammes, des attestations de médecins. Sur d'immenses tables de chêne, enfin, on trouvait les diverses publications médicales qui servaient à soutenir les produits de la maison.

C'était M. Jules, cette fois, que Maigret venait voir. Il avait déjà appris que Jules n'était pas son prénom, mais son nom de famille, de sorte que ce n'était pas par familiarité qu'on l'appelait ainsi.

Une pièce claire et presque nue, où travaillaient deux sténos, séparait son bureau de ce qui avait été le bureau de Josset, le plus vaste de la maison, aux hautes fenêtres donnant sur les arbres de l'avenue.

M. Jules était un homme de soixante-cinq ans, les sourcils broussailleux, avec des poils sombres qui lui sortaient du nez et des oreilles. Il rappelait un peu Martin Duché, en moins soumis. Comme lui, il était l'image que l'on se fait communément de l'honnête serviteur.

En fait, il était dans la maison bien avant Josset, du temps du père Virieu déjà, et, s'il avait le titre officiel de chef du personnel, il possédait aussi droit de regard sur tous les services.

Maigret désirait lui parler de Christine.

— Ne vous dérangez pas, monsieur Jules. Je ne fais que passer et, à vrai dire, je ne sais pas trop ce que je suis venu vous demander... J'ai appris par hasard que Mme Josset était présidente de votre conseil d'administration...

— C'est exact.

— Etait-ce seulement à titre honorifique ou s'intéressait-elle activement à la marche de l'entreprise ?

Il sentait déjà la réticence qu'il retrouvait partout. N'est-ce pas pour éviter cette attitude que, dans une enquête criminelle, il est si important de faire vite ? Mme Maigret le savait mieux que quiconque, elle qui voyait si souvent son mari rentrer au petit jour, quand il ne restait pas plusieurs nuits dehors.

Les gens, à la lecture des journaux, ont tôt fait de se former une opinion et alors, même quand ils se croient sincères et véridiques, ils ont tendance à déformer la vérité.

— Elle s'intéressait réellement à l'affaire, dans laquelle elle possédait d'ailleurs de gros intérêts.

— Un tiers du capital social, si je ne me trompe ?

— Un tiers des actions, oui, un autre tiers restant dans les mains de M. Virieu et le troisième, depuis quelques années, au nom de son mari.

— J'ai entendu dire qu'elle venait vous voir deux ou trois fois par mois.

— Ce n'était pas aussi régulier. Elle passait de temps à autre, non seulement pour me voir, mais pour voir l'administrateur-délégué et, à l'occasion, le chef comptable.

— Elle s'y connaissait ?

— Elle avait un sens très sûr des affaires. Elle jouait à la Bourse pour son compte personnel et je me suis laissé dire qu'elle y a réalisé de beaux bénéfices.

— A votre avis, se méfiait-elle de la gestion de son mari ?

— Pas de son mari en particulier. De tout le monde.

— Cette attitude ne lui créait pas des ennemis ?

— Tout le monde a des ennemis.

— Elle en comptait dans cette maison ? Lui est-il arrivé d'exiger des mesures contre telle ou telle personne ?

M. Jules se grattait le nez, l'œil malicieux, pas le moins du monde embarrassé, mais hésitant.

— Vous avez déjà étudié le mécanisme et le personnel d'une grande entreprise, commissaire ? Dès qu'il y a un certain nombre de personnes intéressées, des services en compétition plus ou moins ouverte, il est fatal que des clans se forment...

C'était même vrai Quai des Orfèvres, Maigret ne le savait que trop.

— Il y avait des clans, dans cette maison ?

— Il en existe probablement encore.

— Puis-je vous demander auquel vous appartenez ?

M. Jules fronça les sourcils, devint plus sombre et regarda fixement sa garniture de bureau en peau de porc.

— J'étais tout dévoué à Mme Josset, laissa-t-il enfin tomber, en homme qui pèse ses mots.

— Et à son mari ?

Alors, il se leva pour aller s'assurer que personne n'écoutait derrière la porte.

8

Le coq au vin de Mme Maigret

C'était au tour des Maigret de recevoir leurs amis boulevard Richard-Lenoir et Mme Maigret avait cuisiné toute la journée dans une symphonie de bruits variés, car la saison des fenêtres grandes ouvertes avait commencé et la vie de Paris pénétrait avec les courants d'air dans les appartements.

Alice n'était pas venue et sa mère, cette fois, guettait le téléphone, car on s'attendait d'un moment à l'autre à ce que la jeune femme se précipite à la clinique pour accoucher.

Le dîner terminé, la table débarrassée, le café servi, Maigret offrait un cigare au docteur, tandis que les deux femmes commençaient à chuchoter dans un coin et qu'on entendait entre autres choses :

— Je me suis toujours demandé comment vous le faites.

Il s'agissait du coq au vin qu'on avait servi à dîner. Mme Pardon continuait :

— Il y a un arrière-goût discret, à peine perceptible, qui en fait le charme et que je n'arrive pas à identifier.

— C'est pourtant bien simple... Je suppose que

vous ajoutez, au dernier moment, un verre de cognac ?

— De cognac ou d'armagnac... Ce que j'ai sous la main...

— Eh ! bien, moi, bien que cela ne soit pas orthodoxe, je mets de la prunelle d'Alsace... Voilà tout le secret...

Maigret, pendant le repas, s'était montré d'humeur enjouée.

— Beaucoup de travail ? lui avait demandé Pardon.

— Beaucoup.

C'était vrai, mais du travail amusant.

— Je vis en plein cirque !

Depuis quelque temps, des cambriolages étaient commis dans des conditions telles que leur auteur ne pouvait être qu'un acrobate professionnel, probablement un homme ou une femme-serpent, de sorte que Maigret et ses collaborateurs vivaient du matin au soir dans le monde du cirque et du music-hall et qu'on voyait les personnages les plus inattendus défiler Quai des Orfèvres.

On avait affaire à un nouveau venu qui travaillait selon les méthodes nouvelles, ce qui est plus rare qu'on ne le croit. Il fallait tout réapprendre et une excitation particulière régnait à la brigade criminelle.

— Le mois dernier, vous n'avez pas eu le temps de me raconter la fin de l'affaire Josset, murmura le docteur Pardon, une fois calé dans son fauteuil, un verre d'alcool à portée de la main.

Il n'en buvait jamais qu'un seul, mais le dégustait à toutes petites gorgées qu'il laissait longtemps sur la langue afin de mieux en apprécier le bouquet.

A l'évocation du crime de la rue Lopert, une expression différente envahit le visage du commissaire.

— Je ne sais plus au juste où j'en étais... Dès le début, j'avais prévu que Coméliau ne me donnerait plus l'occasion de revoir Josset, et c'est ce qui s'est produit... Il en avait si bien pris possession qu'on aurait pu croire qu'il en était jaloux...

» L'instruction se déroulait entre les quatre murs de son cabinet sans que, Quai des Orfèvres, nous en sachions davantage que ce qu'imprimaient les journaux.

» Pendant près de deux mois, dix de mes hommes, parfois plus, ont procédé à des vérifications déprimantes.

» Notre enquête s'effectuait en même temps sur plusieurs plans. D'abord le plan purement technique, la reconstitution de l'emploi du temps de chaque personnage la nuit du crime, l'examen vingt fois recommencé de la maison de la rue Lopert, où nous espérions toujours découvrir un indice qui nous avait échappé, y compris le fameux couteau de commando.

» J'ai interrogé personnellement je ne sais combien de fois les deux domestiques, les fournisseurs, les voisins. Et, ce qui compliquait encore notre tâche, c'était l'afflux de lettres anonymes ou signées, surtout anonymes, qu'on ne pouvait négliger.

» C'est inévitable lorsqu'une affaire remue l'opinion.

» Des fous, des demi-fous, des gens qui en veulent à leur voisin depuis des années ou simplement des gens qui croient savoir quelque chose, s'adressent à la police à qui il incombe de faire la part du vrai et du faux.

» Je suis allé à Fontenay-le-Comte en cachette, presque en fraude, sans résultat, je pense vous l'avoir dit.

» Voyez-vous, Pardon, dès qu'un crime est commis, plus rien n'est simple. Les faits et gestes de dix, de vingt personnes, qui paraissaient naturels quelques heures plus tôt, se présentent tout à coup sous un jour plus ou moins équivoque.

» *Tout est possible !*

» Il n'y a pas d'hypothèse ridicule a priori. Il n'y a pas non plus de méthode infaillible pour s'assurer de la bonne foi ou de la mémoire des témoins.

» Le public décide d'instinct, poussé par des considérations sentimentales et par une logique élémentaire.

» Nous, nous avons le devoir de douter de tout, de chercher ailleurs, de ne négliger aucune hypothèse...

» Donc, la rue Lopert d'une part, l'avenue Marceau d'autre part.

» Je ne connaissais rien aux affaires de produits pharmaceutiques et, pour bien faire, je devais apprendre le mécanisme de celle-ci qui, avec ses laboratoires, occupe plus de trois cents personnes.

» Comment, en quelques entretiens, juger de la mentalité d'un M. Jules ?

» Il n'y avait pas que lui à jouer un rôle important avenue Marceau. Il y avait Virieu, le fils du fondateur de la maison, puis les chefs des divers services, les conseillers techniques, médecins, pharmaciens, chimistes...

» Tout ce monde était divisé en deux clans principaux qu'on pourrait appeler *grosso modo* les anciens et les modernes, les uns n'admettant que les médicaments qui se vendent sur ordonnance, les autres préférant les spécialités de gros rapport qu'on lance par les campagnes de publicité dans les journaux et à la radio...

Pardon murmura :

— C'est une question que je connais un peu.

— Il semble que Josset, au fond, ait incliné vers les premiers mais qu'il se soit laissé entraîner, à son corps défendant, dans la seconde catégorie.

» Il lui arrivait néanmoins de résister...

— Et sa femme ?

— A la tête des modernes... De par son influence, un directeur commercial avait été renvoyé deux mois plus tôt, un homme de valeur, qui avait la clientèle médicale bien en main et qui était l'ennemi acharné des médicaments passe-partout...

» Cela créait, avenue Marceau et à Saint-Mandé, un climat d'intrigues, de suspicions, probablement de haines... Mais cela ne m'a conduit nulle part...

» Nous ne pouvions enquêter à fond de tous les côtés à la fois. Les affaires courantes continuent à occuper la plus grande partie du personnel, même quand éclate une affaire à sensation.

» J'ai rarement senti aussi bien notre faiblesse. Au moment où il faudrait tout connaître de la vie d'une dizaine, voire d'une trentaine d'individus dont on ne savait rien la veille, je ne dispose que d'une poignée d'hommes.

» On leur demande de pénétrer dans des milieux avec lesquels ils ne sont pas familiers et, en un temps ridiculement court, de se faire une opinion.

» Or, la réponse d'un témoin, d'une concierge, d'un chauffeur de taxi, d'un voisin, d'un homme qui passait dans la rue, peut avoir plus de poids, aux assises, que les dénégations et les serments d'un accusé.

» Pendant deux mois, j'ai vécu avec la sensation de mon impuissance et pourtant je m'obstinais, en espérant toujours un miracle.

» Adrien Josset continuait à nier, en dépit des présomptions de plus en plus fortes. Son avocat continuait, lui, à faire à la presse des déclarations imprudentes.

» J'ai compté cinquante-trois lettres anonymes,

qui nous ont conduits dans tous les quartiers de Paris et de la banlieue, et il a fallu en outre envoyer des commissions rogatoires en province.

» Certains avaient cru voir Martin Duché à Auteuil au cours de la nuit et il y eut même une clocharde, près du pont Mirabeau, pour prétendre que le père d'Annette, complètement ivre, lui avait fait des propositions.

» D'autres nous signalaient des jeunes gens qui auraient été les *protégés* de Christine Josset.

» Nous avons suivi toutes les pistes, y compris les plus invraisemblables, et chaque soir j'envoyais un nouveau rapport au juge Coméliau qui le parcourait en haussant les épaules.

» Parmi ces jeunes gens qu'on nous désignait ainsi, il a été question d'un nommé Popaul. La lettre anonyme disait :

» *Vous le trouverez au Bar de la Lune, rue de Charonne, où tout le monde le connaît, mais où ils se tairont parce qu'ils ont tous du vilain sur la conscience.*

» L'auteur fournissait des détails, précisait que Christine Josset aimait s'encanailler et qu'elle avait retrouvé plusieurs fois Popaul dans un meublé proche du canal Saint-Martin.

» *Elle lui a payé une 4 CV, ce qui n'a pas empêché Popaul de la battre à plusieurs reprises et de la faire chanter...*

Maigret était allé lui-même rue de Charonne et le bistrot désigné était bien un repaire de mauvais garçons qui s'étaient volatilisés à son arrivée. Il avait questionné le patron, la serveuse puis, les jours suivants, des habitués qu'il parvenait non sans peine à rejoindre.

— *Popaul ? Qui est-ce ?*

Ils disaient cela avec trop d'innocence. A les croire, personne n'avait connu de Popaul et le commissaire n'aurait pas eu plus de succès dans les meublés des environs du canal.

Au bureau des cartes grises, à celui des permis de conduire, on n'avait trouvé aucune indication utile. Plusieurs propriétaires de 4 CV récentes portaient le prénom de Paul. On en avait retrouvé quelques-uns mais quatre ou cinq étaient absents de Paris.

Quant aux amis et aux amies de Christine, ils conservaient le même mutisme poli. Christine était une charmante femme, un *amour,* un *chou,* une *créature exceptionnelle...*

Mme Maigret avait entraîné Mme Pardon dans la cuisine pour lui montrer Dieu sait quoi, puis les deux femmes, afin de laisser les hommes en paix, s'étaient installées dans la salle à manger. Maigret, qui avait retiré son veston, fumait une pipe d'écume dont il ne se servait que chez lui.

— La chambre des mises en accusation s'est prononcée et, au Quai, nous avons été définitivement désarmés. D'autres affaires nous ont occupés pendant l'été. Les journaux ont annoncé que Josset, à la suite d'une dépression nerveuse, avait été transféré à l'infirmerie de la Santé, où on le soignait pour un ulcère à l'estomac.

» Certains ont ricané, car c'est devenu une tradition, pour les gens d'un certain milieu, de se porter malades dès qu'on les met en prison.

» Quand, à la rentrée, on l'a vu aux assises, dans le box des accusés, on s'est rendu compte qu'il avait maigri de vingt kilos et que ce n'était plus le même homme. Ses vêtements flottaient sur son corps maigre, les yeux étaient enfoncés dans les orbites et, si son avocat défiait du regard le public et les témoins, il paraissait, lui, indifférent à ce qui se passait autour de lui.

» Je n'ai pas entendu l'interrogatoire de l'accusé par le président, ni les dépositions de Coméliau et du commissaire de police d'Auteuil qui passaient les premiers à la barre, car je me trouvais dans la salle des témoins. J'y coudoyais, entre autres, la concierge de la rue Caulaincourt, coiffée d'un chapeau rouge, sûre d'elle, satisfaite, et M. Lalinde, l'ancien administrateur colonial, dont le témoignage était le plus accablant, et qui paraissait mal en point. Lui aussi, me sembla-t-il, avait maigri. On l'aurait dit en proie à une idée fixe et je me suis un instant demandé s'il n'allait pas modifier, en public, sa première déposition.

» Bon gré, mal gré, j'ai apporté ma pierre à l'édifice savant de l'accusation.

» Je n'étais qu'un instrument. Je n'avais à dire que ce que j'avais vu, ce que j'avais entendu, et nul ne me demandait mon opinion.

» Le reste des deux jours, je l'ai passé dans la salle, et Lalinde ne s'est pas rétracté, n'a pas changé un mot à ce qu'il avait déjà dit.

» Lors des suspensions, j'entendais, dans les couloirs, les réflexions du public et il était évident que, pour tout le monde, la culpabilité de Josset ne faisait pas de doute.

» Annette parut à la barre, elle aussi, tandis qu'un mouvement se dessinait dans la salle, que des gens se levaient par rangs entiers et que le président menaçait de faire évacuer.

» On lui posait des questions précises, tendancieuses dans leur forme, en particulier en ce qui concernait l'avortement.

» — *C'est bien Josset qui vous a conduite, rue Lepic, chez la femme Malletier ?*

» — *Oui, monsieur le président...*

» — *Tournez-vous vers messieurs les jurés...*

» Elle aurait voulu ajouter quelque chose, mais il lui fallait déjà répondre à une autre question...

Plusieurs fois, Maigret avait eu l'impression qu'elle essayait d'exprimer des nuances dont personne ne se préoccupait. N'était-ce pas elle, par exemple, qui, en même temps qu'elle confiait à son amant qu'elle était enceinte, lui demandait s'il connaissait une faiseuse d'anges ?

— Il en était ainsi sans cesse, disait le commissaire à Pardon.

Dans les rangs du public, il ne tenait pas en place. Sans cesse, il avait envie de lever la main, d'intervenir.

— En deux jours, en une dizaine d'heures à peine, y compris la lecture de l'acte d'accusation, le réquisitoire et les plaidoiries, on prétend résumer, pour quelques hommes qui n'étaient, la veille, au courant de rien, une existence entière, décrire, non seulement un caractère, mais plusieurs, car on évoquait tour à tour Christine, Annette, son père, d'autres personnages secondaires.

» Il faisait chaud dans la salle, car on jouissait, cette année-là, d'une magnifique arrière-saison. Josset m'avait repéré. Plusieurs fois, mes yeux avaient rencontré les siens, mais ce n'est qu'à la fin de la première journée qu'il a paru me reconnaître et qu'il a eu un léger sourire à mon adresse.

» A-t-il compris que j'avais des doutes, que cette affaire me laissait un malaise, que j'étais mécontent de moi-même et des autres et, qu'à cause de lui, il m'était arrivé de me sentir dégoûté de mon métier ?

» Je n'en sais rien. La plupart du temps, il sombrait dans une indifférence que plusieurs chroniqueurs judiciaires interprétèrent pour du mépris. Comme il avait apporté un certain soin à sa toilette, on parla de sa vanité, dont on s'ingénia à retrouver des preuves dans sa carrière et jusque dans sa vie d'enfant et de jeune homme.

» Le procureur général, qui tenait en personne le siège du ministère public, mit l'accent, lui aussi, sur cette vanité.

» *Un faible vaniteux...*

» Les coups de boutoir de maître Lenain ne changèrent rien à l'atmosphère de la salle, au contraire !

» Quand le jury s'est retiré, j'étais sûr de la réponse à la première question ; un oui, probablement à l'unanimité : Josset avait tué sa femme.

» J'espérais un non, de justesse, à la seconde question, concernant la préméditation. Quant aux circonstances atténuantes...

» Des gens mangeaient des sandwiches, des femmes se passaient des bonbons, les chroniqueurs avaient calculé qu'ils avaient le temps de courir prendre un verre à la buvette du Palais.

» Il était tard quand la parole fut donnée au président du jury, un quincaillier du VIe arrondissement qui tenait un bout de papier d'une main qui tremblait.

» *A la première question : oui.*

» *A la seconde question : oui.*

» *A la troisième question : non.*

» Josset était reconnu coupable d'avoir tué sa femme avec préméditation et on lui refusait le bénéfice des circonstances atténuantes.

» Je l'ai vu recevoir le choc. Il a pâli, surpris, n'en croyant d'abord pas ses oreilles. Il a commencé par agiter les bras, comme pour se débattre, puis il s'est soudain calmé et, tourné vers le public qu'il enveloppait d'un des regards les plus tragiques que j'aie vus, il a prononcé d'une voix ferme :

» — *Je suis innocent !*

» Il y a eu quelques huées. Une femme s'est évanouie. Les gardes ont envahi la salle.

» En un rien de temps, Josset a été en quelque

sorte escamoté et, un mois plus tard, la presse a annoncé que le président de la République avait rejeté son recours en grâce.

» Personne ne se préoccupait plus de lui. Une autre affaire passionnait l'opinion, un scandale de mœurs qui apportait chaque jour des révélations juteuses, de sorte que l'exécution n'a été relatée qu'en quelques lignes à la cinquième page des journaux.

Il y eut un silence. Pardon écrasait le bout de son cigare dans le cendrier cependant que le commissaire bourrait une nouvelle pipe et qu'on entendait la voix des femmes dans la pièce voisine.

— Vous croyez qu'il était innocent ?

— Il y a vingt ans, lorsque j'étais encore jeune dans le métier, j'aurais peut-être répondu oui sans hésiter. Depuis, j'ai appris que tout est possible, même l'invraisemblable.

» Deux ans après le procès, j'ai eu, dans mon bureau, un mauvais garçon soupçonné de se livrer à la traite des blanches. Ce n'était pas la première fois qu'il avait affaire à nous. Il faisait partie de notre clientèle habituelle.

» Sa carte d'identité le donnait comme navigateur et il faisait, en effet, d'assez fréquentes traversées vers l'Amérique du Sud et l'Amérique Centrale à bord de cargos, passant néanmoins le plus clair de son temps à Paris.

» Avec ces gens-là, le ton est différent, car on se trouve sur un terrain familier.

» Et, parfois, il nous arrive de négocier des compromis.

» A certain moment, il a murmuré en m'observant du coin de l'œil :

» — *Et si j'avais quelque chose à vous vendre ?*

» — *Quoi, par exemple ?*

» — *Une information qui vous intéresserait sûrement...*

» — *A quel sujet ?*
» — *L'affaire Josset...*
» — *Elle est jugée depuis longtemps.*
» — *Ce n'est peut-être pas une raison...*
» En échange, il me demandait de laisser en paix son amie, dont il paraissait sincèrement amoureux. J'ai promis de traiter le cas avec bienveillance.
» — *A mon dernier voyage au Venezuela, j'ai rencontré un certain Popaul... C'est un garçon qui a traîné jadis dans les environs de la Bastille...*
» — *Rue de Charonne ?*
» — *C'est possible... Là-bas, il n'a pas trop bien réussi et je lui ai payé à boire... Vers trois ou quatre heures du matin, alors qu'il avait bu une demi-bouteille de téquila et qu'il était ivre, il s'est mis à parler... : "Les caïds d'ici ne veulent pas me considérer comme un dur... J'ai beau leur dire que j'ai saigné une femme à Paris, ils ne me croient pas... A plus forte raison quand je leur affirme que c'était une femme du monde et qu'elle était toquée de moi... Pourtant, c'est la vérité et je regretterai toujours d'avoir fait l'idiot... Seulement, je n'ai jamais pu tolérer qu'on me traite d'une certaine façon et elle a eu tort d'exagérer... T'as pas entendu parler de l'affaire Josset ?..."*
Maigret se tut, retira sa pipe de sa bouche.
Après un silence qui parut très long, il ajouta comme à regret :
— Mon client n'a pas pu m'en dire plus. Le dénommé Popaul, si Popaul il y a, — car ces gens ont l'imagination fertile, — aurait continué à boire et se serait endormi... Le lendemain, il prétendait ne se souvenir de rien...
— Vous ne vous êtes pas adressé à la police vénézuélienne ?
— Officieusement, car il y a chose jugée. On compte, là-bas, un certain nombre de Français qui

ont de bonnes raisons de ne pas rentrer au pays, y compris d'anciens bagnards. En réponse à ma demande, j'ai reçu une lettre administrative me priant de fournir des détails d'identité plus complets.

» Popaul existe-t-il ? Vexé, dans son orgueil de mâle et de truand, d'être traité par Christine Josset comme les hommes traitent une fille ramassée dans la rue, s'est-il vengé d'elle ?

» Je n'ai aucun moyen de le savoir.

Il se leva et alla se camper devant la fenêtre, comme pour se changer les idées.

Alors que Pardon regardait machinalement le téléphone, Maigret lui demanda un peu plus tard :

— Au fait, que devient la famille du petit tailleur polonais ?

Ce fut au tour du docteur de hausser les épaules.

— Il y a trois jours, j'ai été appelé, rue Popincourt, parce qu'un des enfants a la rougeole, et j'y ai trouvé un Nord-Africain avec qui la femme s'est déjà mise en ménage... Elle a paru un peu gênée et m'a dit :

» — *A cause des petits, vous comprenez ?...*

Noland (Vaud), le 3 mai 1959.

Composition réalisée par JOUVE

IMPRIMÉ EN ESPAGNE PAR LIBERDUPLEX
BARCELONE
Dépôt légal Édit. : 38937-11/2003
LIBRAIRIE GÉNÉRALE FRANÇAISE - 43, quai de Grenelle - 75015 Paris.
ISBN : 2 – 253 – 14239 – 5

31/4239/5